U0133128

创意上海

Chuangyi Shanghai

孙福良　张廼英　主编

上海市创意产业协会
上海戏剧学院文化创意产业研究中心　编

上海远东出版社

《创意上海》编委会

创意顾问

厉无畏　龚学平　王荣华

编委

（以姓氏笔画为序）

王卫忠　王方华　孙福良　陈天桥　陈伟恕

张文荣　郭广昌　贺寿昌　黄兆强　章　琦

韩　生　葛志才　楼　巍　缪　勇　薛沛建

主　编

孙福良　张迺英

副主编

方　军　李　芳

编　辑

王　强　唐丹丹　徐英子　韩　爽　王少伟　沈佳曦　笪祖秀　郭晓晨

摄　影

张励君　胡　蝶

目　录

创意产业——城市文化的创新与实践

序

中国 2010 年上海世博会的主题，是"城市，让生活更美好"。当我们在思考这一主题时，就不能忽略一个城市的灵魂和内核，也就是城市文化发挥的重要作用。城市文化不仅在长期的发展中积累、沉淀、改造和创新，体现一个城市的精神和品格，而且越来越成为支撑城市发展的无形力量，推进着城市经济的发展。

城市文化的传承和城市文化的创新是密切联系在一起的，而城市文化的创新与实践在很大程度上依赖于创意产业的发展。

创意产业最早起源于英国，在不少国家都得到了很大的发展。今天，创意经济已经被看成是一个全球现象。放眼世界，那些有影响的国际大都市之所以有这样的地位，都与其创意产业的发展密切相关。

创意产业在促进城市文化的创新上，有几方面的突出作用。

首先，是文化内容的创新。在全球化过程中，世界各国的文化进行着跨越国界的交流，各国多元文化的交流，自然也就促进了文化的创新。多元文化的交流，一方面使各个国家的城市一体化的趋势加快，另一方面又导致了各个民族、各个国家的自觉文化反思。所以它既有一体化的趋势，又有差异化的特点。

创意产业对城市文化内容的创新，是着眼于现实意义的基层性的创新。先是要传承，然后在传承中进行创新。在文化内容创新的过程中，无论是弘扬中华传统文化，还是借鉴其他民族的优秀文化，主要都是通过它的价值的提供来实现的。这种价值，能很好地为城市文化的发展建设服务，所以文化创意产业又是一种现代服务业。

其次，是文化表现形式的创新。文化创意与科技创新是结合在一起的，科技的迅速发展为文化的表现提供了更多更好的手段，很多传统文化有了新的表达形式。

创意产业促进了艺术表现形式不断地升级换代，只有在升级换代中，我们才能够把文化更好地传承下去。比如，唱片升级换代为数字音乐；出版、电影等行业都在向数字化、网络化发展。

第三，是文化载体的创新。长期以来，人们习惯了单纯的文化产品的传播，如书籍、电视、电影、艺术品等等。创意产业发展后，特别是创意产业向传统制造业的渗透，使文化载体的范围大大扩展。在创意经济时代，可以毫不夸张地说，任何一种蕴含创意的商品和服务都可以成为文化的载体，因此文化载体已经发生了很大的变化。

随着经济的发展，人们的物质生活得到极大的满足。此时，人们追求的已不再是物质层面的享受，产品的物理特性已不能再为产品本身提供更高的价值，而产品中文化含量越高，就越能够占领市场。现在很多企业都在调整战略，专注于顾客的情绪、价值认同，以此重新设计和包装产品。在很多领域里，设计管理、故事叙述、品牌经营等，都注入到服务管理、品牌管理和知识管理中。

第四，是文化体制的创新。创意产业的发展大体上是从两个方向进行的。除了把传统的产品通过文化创意的内涵来提升附加值，或者把商品变成文化之外，还可以把文化创意变成商品。在文化的产业化过程中，创意产业不仅开发了商品的文化价值，还促进了文化体制的创新。

文化的产业化是以文化为资本，运用市场化或工业化手段，对文化产品进行生产、加工、流通、分配、消费，这个过程最大限度地满足人们的精神和文化需求。

文化的产业化的实质就是实现文化产业的市场化，在文化的产业化已经成为我国文化建设和发展的重要方面的时候，它必然也促进着体制上的一些改变，比如不同行业与部门之间的联合。

发展创意产业，还可以发展我们的创造和探索精神，推动不同民族文化的交融，而多元文化的交流和相互吸收又可以带来创新。所以说，发展创意产业实际上推进了城市文化的创新。

发展创意产业对于城市文化创新起着很大的作用，主要表现为它以创意的手段，把文化资源转化为经营资源，又把文化创意融入到各行各业，同技术、产品、市场结合起来，推动着经济的发展。

事实证明，大量历史文化资源可以通过创意变为经营资源。这些方法大致有，在保护历史文化资源的条件下开发旅游景观；通过历史故事活化历史资源，并进行艺术表演增强感染力；策划项目吸引社会资本；提炼文化符号，精心打造品牌。

在开发历史文化资源过程中，要注意的是这样几点：

一、仿古必须融今，才能推陈出新。以本书提到的上海新天地为例，它在恢复利用石库门建筑文化的前提下，又注入了许多现代理念和时尚生活方式，所以更能吸引人。

二、要努力创造情感资源。比如，石库门对很多上海人来说是份情结，就像北京人对于四合院也有自己的情感。如果把这种情感资源运用起来，很多商品就有了文化，有了感情，人们也更愿意去购买。

三、要树立一些观念。如整合观，善于把各种资源整合在一起；品牌观，善于打造品牌。还有就是体验观。近年来，上海利用石库门文化，打造了石库门品牌，把上海黄酒变成石库门老酒。在文化实践中，必须考虑整合资源，树立品牌，给予大家一种新的体验。

四、要把文化创意融入到各行各业，同产品、市场、服务有机地结合起来。许多行业都可以通过创意的融入增加文化内涵，从而实现差异化竞争，塑造出有特色的品牌。

五、产品的设计和营销都要融入文化创意，给人们以丰富的想象，实现产品的价值创新。

发展创意产业，对于城市的环境保护也是非常有益的。创意产业消耗资源少、附加值高。另外，创意产业的发展融入在城市改造中，一些老厂房、老仓库都可以利用来发展创意产业。纽约的 SOHO 模式在很多城市得到了运用，上海就出现了几十个由老厂房、老仓库改建而来的创意产业园区。

老建筑是城市的人文遗产，把城市旧区改造为充满活力的文化创意产业园区，具有弥足珍贵的社会意义。它避免了城市历史文脉的中断，使历史与未来、传统与现代、经典与流行建立起和谐的关系，为城市可持续发展注入了动力。

上海世博园区，有包括江南造船厂在内的2万多平方米的历史建筑，超过40万平方米的工业遗产。对老建筑进行如此大规模的保护及后续利用，在世博会园区建设史上还是第一次。传承历史文脉和追求城市新生活，在这里得到了完美的统一。这也是2010上海世博会的亮点之一。

总之，发展创意产业，能够促进城市经济的转型和文化的创新，可以让人们分享更多创意成果；而人们的精神文化需求越丰富越多元，创意产业的发展就越具有深厚的社会基础和广阔的市场空间。从这个意义上，我们可以说：创意产业，让城市生活更美好。

《创意上海》一书，既建立在创意产业的视角上，又反映出上海在文化创新上的多种实践。无论是经济界还是文化界，乃至各个行业，相信都可以从中获得一些启发，共同思考这座城市未来的发展前景以及我们所能做的事情。

是为序。

厉无畏

2010年8月8日

2010 年 1 月，中共中央总书记、国家主席、中央军委主席胡锦涛在上海考察工作时指出：
"创意产业蕴藏着巨大发展潜力。要进一步做好园区规划，不断完善服务体系，努力营造
创新氛围，真正把创意产业培育成上海经济发展的新亮点。"

历史时常存在着某种微妙的机缘。将近 10 年前，当上海创意产业开始显山露水时，
正是上海申办世博会成功之际。

上海在筹办世博会的过程中，通过历史经验不断深化了对世博的认识。其中最重要的
启发与感悟之一，就是世博会历来都是人类展示创意、激发创意的大平台。没有创意，世
博不可能精彩；没有创意，世博就失去了价值。

世博会集聚了全世界的创意，而上海作为世博举办地又岂能缺乏创意？一个全球规模
最大的创意平台，决不可能建立在创意的荒漠之中。上海世博会筹备的数年间，恰是上海
创意产业迅速崛起与发展的时期，这正好证明了一个规律，一座立志举办世博会的城市，

　　必然会更自觉地在产业布局、建设规划、市民生活以及教育等方方面面充分地导入创意的理念、机制以及运作体系。世界上许多著名的城市举办过世博会，而这些城市往往是极其富于创意的地方，或是在发展创意产业、培育创意生活方面形成了自己的特色。

　　上海世博会已经亮相于世界的面前。为了领略、感知与吸收创意，各地的人们不辞辛劳地走进了世博园。在徜徉这创意之海时，我们是否也可以把目光投向上海——本届世博会的举办地？就在世博举办之年，上海加入了全球"创意城市网络"，获得联合国教科文组织颁发的"设计之都"称号。应当说，上海创意产业及其相关领域近年来所取得的成绩，对于世博会的成功举办有着十分积极的意义。同样，世博会也将以它的创意之魂，有力地推动上海创意产业体系在未来相当长时期内的发展。这一互动局面，确实令人欣慰，值得我们由衷地期待。

创意服务世博，世博促进创意。《创意上海》的编撰与出版，正是期待世博效应，多角度呈现上海创意产业的各个侧面：有影响有特色的创意产业集聚区；有激情有才思的创意人物；有品牌有眼界的创意教育机构；有实力有潜力的创意企业……

本书不可能涵盖上海创意产业的全部。但是，作为上海市创意产业协会"创意产业系列丛书"成果之一，它的策划者和编写者都进行了自己真诚的探寻，并由此而印证创意可以使上海更美好，上海应该在创意中更加美好！

王荣华

2010 年 8 月 10 日

第一篇

创意园区　历史与未来

上海创意产业近几年发展速度很快。从 2004 年到 2009 年，创意产业增加值逐步攀升，其增长速度不断加快，占 GDP 的比重也越来越高。从产业规模看，2009 年上海创意产业增加值达到 1,148 亿元，占全市 GDP 比重 7.7% 以上。从业人员 95 万人，已成为稳定经济，繁荣城市，扩大就业的重要产业之一。

创意产业集聚区和文化产业园区是上海创意产业发展的重要载体和建设模式。截至 2009 年底，上海对创意产业集聚区进行了 5 次授牌，已授牌的集聚区达到 81 家，建筑面积 250 万平方米。集聚区入驻创意产业类企业 6,000 多家，相关从业人员近 12 万人，涉及美国、日本、比利时、法国、新加坡、意大利等 30 余个国家和地区，集聚了一批优秀创意人才。全市有 15 处被上海市政府授予文化创意产业基地。同时，上海还有大量产业特色鲜明，服务功能突出，产业链带动效应明显的创意产业集聚区正在涌现和形成之中。

本书第一篇在上海范围内选择了 23 家创意产业集聚区和文化创意产业基地进行介绍。其中有的已在国内外享有盛誉，有的在产业、管理方面彰显特色，还有的在产业集聚及其他方面具有创新和开拓，当然也选择了一些极具后发之力的，这样，能够使海内外读者全方位地领略上海创意产业集聚区和文化创意产业基地的风采。

8 号桥

旧的工业厂房经过精心改造，原来那些厚重的砖墙、林立的管道、斑驳的地面被保留了下来，使整个空间充满了工业文明时代的沧桑韵味。从大门口法国艺术家创作的大型雕塑《绿门》，到灰砖外墙上鲜亮的玫红色块，以及内部歌剧院般的层叠式休闲吧等，无不体现出创意之风。走进8号桥，你会感觉置身于传统和潮流之中。

创意之桥 崛起的地标

走在上海的建国中路上，首先映入眼帘的是8号桥那连接马路南北空间的"门"字形"空中走廊"。"空中走廊"在夜晚灯光的衬托下，放射出五颜六色耀眼的光芒，那光芒足以使附近的建筑物黯然失色。

在功能上，8号桥每一座办公楼都有天桥相连；在内涵上，它是连接国内外各创意咨询专业服务团队的沟通之桥，8号桥便因此而得名。整个8号桥由7栋房子构成，在房子的二层，设计师以桥作为连接，连通了每一栋房子。整个园区一共有4座桥，每座桥的造型均不同，极富工业感的铁桥是在厂房原来的设施上扩展的。

改造前的上海汽车制动器公司厂房

时尚的 8 号桥

有着绿色"门"字造型的天桥，是一个放大版的 8 号桥的标识。

一个普通的老厂房因运营者和设计师的独具匠心而迸发出时尚与创意，这就是 8 号桥带来的震撼。如今的 8 号桥已经成为上海文化旅游的一张靓丽名片，吸引着国内外慕名而来的游客，其中不乏高级政要。

8 号桥曾是上汽集团所属"上海汽车制动器公司"厂房，于 2003 年进行整体开发改建，园区总面积达 2 万多平方米。

今天的 8 号桥已成为承接城市历史与未来的良好典范，集中体现了建筑价值、历史价值、艺术价值和经济价值，并运用新的设计理念，为历史的留存注入时尚、创意的元素，使保留的旧厂房成为现代城市景观的新景象，也促进了设计创意产业链的形成。

魅力之桥，韵味的空间

8 号桥的改造以西方 LOFT 风格结合东方原生态（木元素）要素，配以富有江南水乡特色的青砖，体现工业文明的铁窗，营造通透时尚感的玻璃以及厚实稳重的木百叶等建筑元素，既保留了工业老建筑厚重的沧桑韵味，也凸显了新时尚的简洁设计。利用老厂房层高的独特优势，打造可按个性需求自行分隔的办公空间，真正符合创意人士的需求。同时，8 号桥的改造始终坚持把节能环保作为建筑设计的一个基本原则，在园区内运用了太阳能光伏发电系统、太阳能热水系统和地源热泵空调系统等，而"以人为本"的人性化设计理念也贯穿始终，力求营造一个自然、舒适的空间。

1 号楼夜景

让人感觉空间很"大"的空间创意设计

公共空间（1 号楼中庭）

园区内连廊

你可以在 1 号楼中厅感受这种创意设计的魅力：层层叠叠、错落有致。8 号桥在旧厂房较小的空间改建了 1 号楼活动大厅、5 号楼中庭、后院、特色连廊等令租户和游客十分青睐的公共区域。在 8 号桥，除 1 号楼大厅外的所有室外、半室外空间都可供租户免费使用。在这些环境中，可以添设咖啡茶座，进行作品展示或时装走秀，举办大型综合活动，是极佳的交流平台。由三个错落的空间中的平台组成的 1 号楼大厅，则可以依照需要分别用作演讲区、表演区或贵宾区，功能设计非常周到独特。

走进 8 号桥，无须为上网而烦恼。信息化建设工程，使 8 号桥成为了具有创意产业特色的信息化综合应用用户平台，具有信息收集、整合、发布以及园区对内管理、对外服务等一系列应用功能。通过搭建覆盖整个园区的高质量信息服务平台，实现全信息化覆盖，为入住企业创造良好的信息服务环境，提高工作条件的便捷性和满意度，同时加强各租户企业之间的交流。

当你走进大厅，可通过流动多媒体播放系统观看在平日预先安排的多媒体内容，不断介绍 8 号桥内的租户、设备、餐厅及休闲设施。在公共区域管理系统中，多组摄像头及监控器实现高科技物业管理，保障园区内各类信息化应用系统的正常运行和维护，保证园区和谐生活。多媒体会议厅配置声像记录系统与视频演示系统，可实现远程会议，令商务会议更方便快捷。

丰富多彩的创意活动

时尚之侨，激情的舞台

8 号桥独特的建筑空间，吸引了众多知名品牌和企业在此举办各类商业活动，包括发布会、时尚派对以及商业拍摄等。同时，8 号桥始终以促进创意文化的发展与交流为己任，举办了一系列相关活动。

以下的数字很能说明 8 号桥人气集聚度：

2005 年至今，已有超过 120 个政府、商业及文化艺术性活动在园区内举行；

2006 年，共计有 50 场活动在 8 号桥举办，其中商业活动为 44 场，包括在中国风尚大典中获得"风尚品牌成就奖"的 LUX、世界三大轮胎巨头之一的普利司通、开创全球美发潮流的施华蔻等国际知名品牌。另有 6 场创意文化活动，包括首次在上海举办的艺穗节和 2006 上海国际创意产业活动周；

2007 年，共计有 42 场活动在 8 号桥举办，商业活动 35 场，包括芬兰著名丝巾品牌 MARJA KURKI、著名手机品牌 Nokia、法国经典休闲品牌 Le coq sportif 等国际知名公司。另有 7 场文化艺术及公益活动，包括艺穗双周活动及摄影展览等；

2008 年有 31 场活动举办，包括各国领馆考察团项目考察、"印象·日本·设计"主题活动、四川汶川地震慈善晚会、8 号桥历史图片展等。

2009 年至今，在 8 号桥举办的活动那更是异彩纷呈，其中有美宝莲全国首届

艺穗双周活动

BA彩妆大赛、ORDOS NOW 鄂尔多斯进行时创意建筑展、墨西哥馆动工仪式晚宴、Kanebo佳丽宝瑞丽第7届封面女孩大赛、SMC ALSOP举办四川灾区心灵之花慈善晚会、香港创意生态等。

艺术之桥，创意的灵感

入驻8号桥园区，因其优雅的环境和独特的建筑风格，人们增加了无限遐想和创新的机会。因而，园区经常是"座无虚席"。强势企业比比皆是，共有70余家国际知名创意企业，如上海广万东建筑设计有限公司、奥尔索普设计公司、戴卫奇普菲尔德建筑事务所、史基摩欧文＆美尔建筑设计咨询（上海）有限公司、凯达环球建筑设计咨询（上海）有限公司、贝加艾奇（上海）建筑设计咨询有限公司、上海意可迅装饰设计咨询有限公司、冯塔娜安德亚太区、伟灏贸易（上海）有限公司、纳索（亚洲）有限公司、时尚生活策划咨询（上海）有限公司、摩新商务策划咨询（上海）有限公司、上海雍雅演出经纪有限公司、上海英菲柯斯设计咨询有限公司、上海思远影视文化传播有限公司、上海唯晶信息科技有限公司、意大利意德玛国际时尚设计有限公司上海代表处、上海璐娜餐饮管理有限公司、源创建企业形象策划（上海）有限公司、艺夺创意软件开发（上海）有限公司等。

园区创意产业涉及的领域，包括建筑及室内设计、服装设计、广告、咨询、影视制作等，许多企业的作品在国内外享有很高的声誉，用"顶级之作"来形容也是不为过的。

上海新天地

　　走进这片石库门建筑群，仿佛时光倒流，当年的砖墙、屋瓦、石库门历历在目。
然而，你无疑又身处现代，每座建筑内部都体现着 21 世纪现代都市人的审美取向。
时尚精品店紧追国际流行色，不逊半步；中华文化商场出售的是艺人工匠们独创且
完全中国味的居家用品、工艺品和旅游纪念品；露天广场上丰富多彩的文化表演让
游客目不暇接；石库门博物馆原汁原味地再现 20 世纪初上海一家人的生活形态，
让游客在怀旧寻根的情绪中了解上海的历史文化……

　　在这里，你可以无拘无束，近距离触摸上海时尚的浪尖，可以与各种肤色的朋
友交流；在这里，太多的好奇、新鲜，让你流连忘返；在这里，你可随时看到不同
肤色、不同年龄的人走在一条弄堂里，或从不同的交通出口处汇集于不同的场所，
享受着不同的乐趣。这里，年轻人青睐酒吧、咖啡馆，而年龄大一点的，则会关注
封存于记忆中、却可以在新天地找到痕迹的建筑、家具……中国人去洋酒吧，外国
人则将脚步滞留于东方的石库门前。

　　年轻人觉得很时尚，老年人觉得很传统；中国人觉得很外国，外国人觉得很中
国，这是新天地矛盾的统一体，如此和谐与个性，也正是新天地吸引人的理由。

石库门的重生

上海新天地位于上海市中心的卢湾区东北部。这一地区原来是传统的石库门住宅区，在 20 世纪 90 年代末开始的旧城区大改造中，启动营建适应国际投资者及其行政人员生活与工作需要的休闲旅游服务区，创造了上海市中心著名的都市休闲新模式，备受市民与在沪工作生活的港台及海外人士青睐。

石库门是凝聚在建筑上的上海文化，是上海独特而又不可磨灭的符号。石库门的兴起与繁盛，见证了上海这座城市的足迹与文化精神。在上海城市现代化建设进程中，当大量石库门建筑群消失殆尽之时，上海人这才意识到问题的严重性。上海新天地为保护石库门建筑开了模式的先河。

上海新天地全景

上海新天地通过对这一建筑旧区的改造，将百年历史的石库门建筑外表整旧如旧，内部则彻底现代化，既适应了当代都市人的生活需求，又保留了城市的历史风貌。来自世界各国和地区的餐馆、商店、娱乐业投资者纷纷落户于此，从而不仅将石库门原先的居住功能改变为商业经营功能，使老建筑自我生存和发展能力大为增强，而且创造了一种新的时尚休闲文化生活，成为一个文化建设带动经济发展的成功案例。

新天地占地 3 万平方米，建筑面积为 6 万平方米。北里以石库门建筑为主，集合了来自世界各地风情餐厅、咖啡馆、酒吧、精品商店等，充分展现了新天地的国际元素。南里以现代化建筑为主，有一座总面积达 25,000 平方米的购物、娱乐、休闲中心，入驻了年轻人喜爱的时装品牌店、饰品店、餐饮店、电影城，是时尚青年一族的休闲娱乐场所，与北里的石库门建筑群交相辉映，形成东西方文化融合、历史与现代对话的整体风格。

新天地的石库门里弄处处体现出舒适和方便，自动电梯、中央空调、宽带互联网一应俱全。消费者上网可以迅速查询商店价格和餐厅、酒吧的菜单以及电影院上演的电影，并可以预定座位。新天地已成为具有文化品位的本地市民和外籍人士最为青睐的聚会场所之一。

屋里厢

"屋里厢"的岁月

　　"屋里厢"是道地的上海话,意思是"家"。"到屋里厢来坐坐",即来我家坐坐的意思。"屋里厢"对每个土生土长的上海人来说,都是一个让人感觉由衷温暖的字眼。如今,随着石库门的消逝,住在水泥房中的上海人再也不会像过去那样为了公用厨房、厕所而排队;也再不可能像过去那样站在阳台上边晾衣服边和邻居聊天了;张家与李家每天的串门也因防盗门的阻隔而消失。当我们为此而感到失落时,新天地的石库门"屋里厢"展示馆给了我们一个缅怀老上海、追寻历史记忆的好去处。

　　"屋里厢"石库门博物馆通过对一幢楼精心的布置与摆设,原汁原味地再现 20 世纪初上海一家人的生活形态,让游客在怀旧寻根的情绪中了解上海的历史文化,同时了解上海新天地从石库门建筑旧区到时尚休闲步行街的演变。

　　"屋里厢"由一幢建于 20 世纪 20 年代的石库门老房子改造而成。整个展示馆按照 20 年代里弄单元一户住户为模式建成,主要展示房间 7 间,分别是客堂间、书房、老人房、主人房、女儿房、儿子房、灶披间（即厨房）,以一个石库门家庭的故事,贯穿参观始终。无论走进哪间房间,都让人犹如亲身经历主人当年的生

保留完好的壹号会所

活。展示房的所有陈列实物，无论是炉灶、小孩的课本，还是口红、烟缸，全是 20 世纪二三十年代石库门弄堂里所存留的旧时实物。如"百雀灵"胭脂、镶着绿玉的发簪、放着轻快爵士乐的留声机……通过分布在各展示点的高科技产品，你可以听到、看到一个二三十年代上海中产阶级人家的石库门生活。

壹号会所的梦幻

要体验上海新天地的矛盾与和谐，建筑的神奇，当属新天地内的壹号会所了。从一扇不起眼的门进入，呈现在面前的是难得一见的独特建筑。新天地内的壹号会所是一幢中西合璧的优秀近代建筑，它始建于 20 世纪 20 年代，从外观看，是欧式的圆形阳台、雕花和石柱，走进楼内，内部格局却呈现出江南民居特色的客堂、厢房、内天井，在上海仅存的老式洋房中已经相当罕见。早年，这幢大楼曾经是经营皮货、毛笔生意的商人毛伯庸的私宅，大宅北面设铺面，主楼保留为住宅，形成前店铺后居住的格局。1958 年，毛氏后代以 6 万元人民币卖给了国家，大宅逐渐演变为机关工作人员宿舍。再后来，居住人口慢慢密集起来。1998 年，新天地项目准备启动时，整幢楼已居住了 30 多户人家。

新天地壹号会所是这一片石库门老建筑中保留最完好的一幢，在改造过程中，力求保持建筑原来的基本格局和具有历史感的砖墙及细部装饰。跨入门内，当年铺设的马赛克地面及刻有贝雕装饰的高挑木门，都让人感觉仿佛来到了 20 世纪 30 年代的原主人家作客，而当你与当代著名的明星、艺术家、银行家在客厅、楼梯口不期而遇时，才恍然大悟，原来已换了一个时代，处身于 21 世纪。

来新天地参观的"重量级人物"，没有不到新天地壹号会所的。因为壹号会所是新天地开发商瑞安房地产发展有限公司的重要活动场所，专门用于接待国内外重要客人，中外著名的政治家、企业家、艺术家都曾在这里留下足迹，如俄罗斯前总统普京、新加坡前总理吴作栋等。

咨询中心的温馨

新天地的公共服务一应俱全。如国际访问者咨询中心、游客咨询中心，88 新天地酒店式服务公寓，邮政所等。 尤其显眼的是新天地竟然有两个咨询中心：国际访问者咨询中心和新天地的游客咨询中心。

国际访问者咨询中心向境外人士提供了各项信息咨询。中心还提供 300 多种资料从各个方面向访问者介绍上海相关情况，每年接待境外旅游者和外籍人士约 3 万人左右，日均近百人，得到了境外访问者的高度肯定。

新天地的游客咨询中心设在"屋里厢"石库门民居陈列室的入口处，位于北广场近兴业路口。在咨询中心的陈列柜上，游客可以拿到新天地各个租户的店卡和各种关于新天地的资料、刊物，以及上海旅游交通地图等。要更全面、更详细地了解新天地的情况，游客还可使用一旁的电脑浏览新天地及其他相关的网站。

远道而来的客人、喜欢夜生活的年轻人，也能在新天地里找到下榻的旅馆。88 新天地酒店式服务公寓坐落于新天地广场南里，它延续了新天地中西合璧、新旧结合的风格和理念。公寓内摆放着明清年代的摆件用器和极富现代简约美感的陈设。每一个房间都经过精心的布局，将中国传统风格和异国情调恰到好处地融合，铺陈的帷幔织物和现代风格演绎的仿古家具营造开阔的空间和富有现代感的婉约风范。

怀旧的人们，亦可趋步至兴业路黄陂南路口，因为那里有上海邮政博物馆新天地分馆暨新天地邮政所。该馆主要用于邮政文物展览、邮政信件业务收寄、集邮品与明信片的出售。

与一般的邮局不同，这里的室内结构全部采用老青砖砌柱。所有木质框架均是木榫镂花结构，陈列柜与营业柜台采用老房子的木料仿造民国时期老式柜台制成。在面积不大的大厅内，陈列了五幅珍贵照片，分别有 1917 年上海最早使用的邮政运输汽车、1919 年 8 月的邮用汽艇"鸿飞"号等。同时，北侧的两个立柜内还陈列着可供出售的特色集邮品：如《孙子兵法》、《茶文化》、《上海题材画册》及吴昌硕、黄宾虹等老一辈国画大师的作品邮册。此外，以路口的老式邮筒为式样缩小制成的小邮筒亦作纪念品出售。

上海新天地新年倒计时晚会

迎新晚会的浪漫

　　上海举办岁末辞旧迎新倒计时的活动有多处，如龙华寺、城隍庙等。而新天地每年 12 月 31 日举行的"上海新天地新年倒计时晚会"，都会以其国际化方式，为上海各界人士以及国际友人奉献一场绚丽多姿的狂欢盛宴。

　　每一届的晚会，都会有特别的主题和表演嘉宾。而从 2007 年开始，更与世博会携手，向全世界表达共同迎接上海世博会的热情，以及人们对城市美好生活的愿望。

　　临近零点，嘉宾都会共同上台启动标志性的白玉兰倒计时装置。其后，嘉宾和所有观众一起倒数计时，众人激动的呐喊声响彻整个新天地。零点钟声敲响的瞬间，同时燃起的绚丽焰火横跨整个太平桥人工湖，宛如银河般燃亮夜空。这一情景持续近 10 分钟，配上国际化风格的音乐，让所有人在一片浪漫的气氛中，与新天地、与上海一起共同揭开新一年的序幕！

颇具动态的福、禄、寿雕塑

"福、禄、寿"的祝福

新天地幽深的弄堂，看似狭小，可每个铺面都要领略的话，大概也要有一定的脚力。而新天地北里广场就成为人们小憩的理想场所。这里有 "福、禄、寿"三星为主题的喷泉，矗立于新天地北里广场中心位置。"福、禄、寿"三星代表了中国传统的吉祥祝愿，承载了人们对生活的美好期望。"福"迎风而立，象征幸福；"禄"仰对天际，揖手迎拜，象征智慧；"寿"倚杖微倾，笑看众人，象征着生命的延续。动态的形象塑造通过唯美律动感的雕塑和特殊的上色技法，赋予主题形象以生命和灵魂，体现了东西方文化的融汇和传承。

新天地的启示

早期的上海石库门

新天地模式，为老建筑的保护提供了一种出路和可能。

上海新天地目前已经成为一个具有国际知名度的聚会场所，并被纳入了上海旅游景点的清单中，还成了中国房地产区域改造的经典案例，它的成功经营模式长时间以来一直被国内房地产开发商们青睐，很多人都想将其成功模式进行"移植"。

作为上海新天地的缔造者，罗康瑞认为老房子不是包袱，是财富，城市里的老房子是这座城市的历史和文化的载体，是城市的价值，要保留老房子的特征，又要按现代人的要求对它进行改造，让老房子的价值体现出来，并得到提升。上海新天地，便开了以创新的理念、创新的思路、创新的手段保护老房子的先河。

新天地策划初期，"上海正在努力寻找自己的身份"（新天地建筑设计师本·伍德语），他决定要建造一片地区，人们在这里与城市亲近，与文化亲近，也与自己亲近。于是，本·伍德和瑞安集团决定将这片地区建造成为混合用途的步行街，人们来到这里，自由穿梭，不必固定在哪家店中停留或就餐，彻底改变了"中国人不会在外面吃饭"的习惯。新天地的地理布局体现了为上海"营造崭新生活"的理念，向中国人表明公共空间除了实用（例如出售商品），还可以是休闲和"观察人及被观察"的场所。新天地亦一直坚持把先进的生活方式、精彩的创意、新鲜的灵感带入日常的生活，以包容的姿态迎接多元的世界。

左页图：石库门焕发新活力

田子坊

很多上海人都知道田子坊，因其朗朗上口的名字。如果说 8 号桥是因其独有的建筑而得其称呼的话，那泰康路上的田子坊又是与什么有关呢？

亲近田子坊

如果站在泰康路 210 弄的门口，你不会觉得有什么新鲜，因为这里就是个窄小的上海弄堂风格的老式住宅。但当你深入其中，却是别有洞天。你可以体会上海人"螺丝壳里做道场"的水平，听到田子坊的故事。

田子坊前身是 20 世纪 50 年代典型的弄堂工厂，由上海食品工业机械厂、上海钟塑配件厂等五家单位和许多石库门民宅组成。

1999 年开始，在上海市经济委员会（现更名为"上海市经济和信息化委员会"）和卢湾区政府的支持下，田子坊进行了改造。田子坊通过旧厂房、旧仓库、旧民宅的转让和置换，开发旧厂房近 2 万余平方米，吸引了来自 19 个国家和地区的 153 家创意企业，并形成了以室内设计、视觉艺术、工艺美术为主的产业特色。如今，田

黄永玉根据《庄子》中画家"田子方"而起名的田子坊

子坊被外界称为"上海的苏荷",已发展成为上海十大时尚地标性场所和卢湾区最具影响力的品牌之一。

　　走在田子坊,迂回穿行在迷宫般的弄堂里,稍不留神,你同行的朋友不知被哪家店铺所吸引而无影无踪,迎面撞上的却可能是一位"老外"。在这窄长弯曲的弄堂里,原来的仓库、车间和民宅变身为一家家特色小店和艺术作坊,并在不经意间跳入你的视线。从茶馆、露天餐厅、咖啡座、画廊、家居摆设到手工艺品,以及众多沪上知名的创意工作室,可谓应有尽有。田子坊展现给人们更多的是上海亲切、温暖和嘈杂的一面。

　　田子坊也是中西合璧的。在田子坊,东方的石库门、旗袍、水墨画和大红灯笼,西方的迷你裙、油画、咖啡厅、西装、快餐厅,都能在这里找到,并且独一无二,绝不撞车。耳边可以听到世界各地语言,德语、英语、法语、西班牙语、俄语,当然还有汉语。所以说,田子坊很东方也很西方。

弄堂里的艺术小店

陈逸飞曾经工作的地方仍然保留着艺术的浓烈气氛

弄堂里的艺术小店

田子坊的故事

据说田子坊是画家黄永玉给这旧弄堂起的雅号。据史载，"田子方"是中国古代的画家，取其谐音，用意自不言而喻。自20世纪90年代末，这条弄堂开始与一些艺术家结缘，曾经的街道小厂，深巷里被弃用的仓库，石库门里弄的平常人家，演绎着故事无数。

随着一批著名艺术家陈逸飞、尔冬强、黄永玉、王劫音、王家俊……入驻泰康路，原来默默无闻的小街渐渐吹起了艺术之风。目前，田子坊已引进了多个国家与地区的艺术人群，他们在这里开办了设计室、工作室有百余家。陈逸飞工作室、尔冬强艺术中心、邮人、上海桑澜服饰有限公司、乐天陶社、金粉世家等都已在上海滩乃至国际上享有盛誉。

田子坊的名字似乎与陈逸飞天然合一，一提到田子坊，人们会想到陈逸飞，反则也如此。英年早逝的陈逸飞是最早入驻田子坊的，田子坊弄堂里的居民几乎都认识他。作为画家，他的逝世是我国画坛的一大损失，而作为街坊，田子坊则少了一位好邻居。他有很多梦还没实现，好在他的画却永存。他是我国文化转型期最具代表性的艺术家之一，兼具新中国至今各个时期的时代特色，同时又超越时代。他的成功也见证了新中国美术教育的成果。陈逸飞在田子坊拥有画室、陶瓷工作室、雕塑工作室、摄影工作室等多个艺术场所。来田子坊的人们，大概没有不去陈逸飞工作室旧址的。

陈逸飞工作室旧址　　　　　　　　　　　　　　　　　　上海逸飞模特经纪有限公司

原陈逸飞工作室

尔冬强艺术中心

　　尔冬强艺术中心，是由著名摄影家尔冬强先生于 2001 年初创办。旨在为上海乃至世界各地的艺术家提供一个更为广阔的展示创作成果和艺术才华的空间，开发并推广原创艺术作品，展示中国传统和现代文化艺术，促进东西方文化的交流与融合。

　　逛遍上海大街小巷，对那些寻常陌巷后隐藏的美有极其敏锐洞察力的尔冬强，和陈逸飞一起成为最早一批在泰康路 210 弄安营扎寨的"吃螃蟹"的人。如今，陈逸飞去世，他仍旧坚守着自己的阵地。尔冬强当初看中这个地方是偏爱这里"保留了中国轻工业发展初期很多的小作坊工厂，有很多好玩的空间"。尔冬强文化艺术中心在解放前曾经是小冶铁厂，后来又是做巧克力机器的工厂（食品工业机械厂）。前店后作坊，主人家就住在店面后。这里周围住着很多居民，有人气儿，混合了生活和工作的味道。

艺术室

田子坊的磁力

田子坊是开放式的，其管理和服务也是非常人性化的，因而也极具磁力。田子坊里有数字综合平台、知识产权保护联盟等公共服务平台，甚至还有类似居民物业的管委会。

数字综合平台包括田子坊信息中心、社区信息交换点、综合服务窗口、城市信息干网和社区信息联网。这一平台，将结合联合国教科文组织对于城市濒危遗产的保护要求，针对目前基础资料的匮乏，建立完整的历史遗产档案系统，对田子坊的历史与现状进行原真性的记录，同时对田子坊的保护与利用、社区改造全程实录。建立信息化、数字化、网络化的"数字田子坊"平台，作为创意园区数字化的标志，正成为中国城市遗产保护的完整案例，提升田子坊文化社区的品质。

有创意的地方，必然有知识产权保护的问题。知识产权保护已经成为上海新一轮创意产业发展的核心关注点。田子坊知识产权保护联盟致力于推动行业自律，协助和指导成员单位根据国家有关法律法规建立和完善知识产权管理制度；开展培训宣传活动，提高成员单位运用和保护知识产权的能力；协调处理联盟成员单位之间的知识产权纠纷，协助调查成员单位知识产权的被侵权状况，接受成员单位委托，进行调查取证；向政府有关部门反映成员单位的政策建议和要求。

卢湾区着力把田子坊园区打造成集聚文化创意产业、展示上海里坊风貌、品味海派文化、演绎世博主题的标志性园区，进一步发掘田子坊的文化底蕴，落实石库门非物质文化遗产的保护工作，建立石库门文化博物馆。同时，积极探索城区"软改造"，在保持居民权益不变、住房形态不变、街坊风貌不变的基础上，实现"风貌得到保护、文化得到延伸、环境得到改善、居民得到实惠、市民得到就业、企业得到发展"。

田子坊很独特，也很具魅力。

泥艺

左页图：弄堂里的休闲

修旧如旧的上海石库门

张江文化科技
创意产业基地

　　说起张江，人们眼前浮现的便是一幅高科技的画卷：集成电路产业、生物医药产业、软件与信息服务业、新能源与环保产业、光电子产业和现代农业等等。为了体现张江的这一特色，规划人可谓是动足脑筋，连马路的起名也与科学结缘：祖冲之路、郭守敬路、达尔文路、华佗路、蔡伦路、哥白尼路……那里的有轨电车也有别于传统的"铛铛车"，采用单轨导向技术，选用目前世界上先进的法国劳尔有轨电车系统，每列总载客量约 167 人，最高时速可达 70 公里。

插上高新技术翅膀的创意产业基地

　　与张江其他高科技园区一样，文化科技创意产业基地秉承了张江的特色，其创建模式也成为上海创意产业集聚区的典范。

　　上海张江文化科技创意产业基地，是文化部的"文化产业示范基地"、新闻出版总署的"国家网络游戏与动漫产业示范基地"、科技部的"国家数字媒体技术产业发展基地"和"上海市创意产业集聚区"之一。作为全国首个在高新技术园区设

张江创意大厦

立的文化创意产业基地，自 2004 年 8 月正式揭牌以来，在上海市和浦东新区政府的大力扶持下，依托张江高科技园区雄厚的 IT 技术基础，创意产业基地运作模式，采用企业化运作，由上海文新联合报业集团与上海张江（集团）有限公司强强联手，成立基地公司，强化基地公司作为基地运营商、企业服务商和产业投资商的功能。基地旨在构建以游戏、动漫、影视制作、设计和数字媒体技术应用为主要门类的现代文化产业链，打造集研发、制作、孵化、教育和交易于一体的创意产业集聚区，重点以动漫和网络游戏业为突破口，将文化科技创意产业建设成为具有国际竞争力和持续发展能力的高端产业，并集中体现"研发、培训、孵化、交易、展示"五大功能，以此搭建对外文化交流和对外文化贸易的市场运作平台。

2008 年，作为部市合作成果，国家新闻出版总署和上海市政府共同组建的张江国家数字出版基地揭牌成立。数字出版基地着力于利用张江园区现有的产业基础和基地"先行先试"的政策优势，帮助中国传统新闻出版企业实现数字出版的战略转型，提高我国数字出版产业的国际竞争力。

张江动漫谷 2009 动画项目创投活动

聚焦动漫谷

现在的年轻人大多喜欢玩游戏，儿童喜欢看动漫。但他们看的和玩的有多少是原创的？在张江动漫谷，有一批年轻人，正在为原创而奋斗着。虽然路漫漫兮，毕竟已经开了头。

张江动漫谷，是上海张江文化控股有限公司打造的一个项目，坚持统筹规划先行、环境营造先行、政策引领先行。张江文化控股有限公司也充分发挥顶端资源协调作用，公司通过发起成立动漫产业促进会这样的产业联盟，把不同行业专长的企业"串联"起来，促进完善的文化产业链和服务链的形成。

"聚焦动漫谷——2009 动画项目创投"由上海电视节组委会、上海市文化科技创意产业基地和上海联合动漫产业发展中心共同主办，旨在为中国原创动画与资本投资方之间搭建沟通的平台，挖掘内地市场的创作潜力，开拓动画片市场，打造动画产业链。

活动以"扶植原创、打造精品、开拓市场"为宗旨，先前介入节目创意、样片制作环节，由世界知名的业界高手进行培训、辅导，并引入项目合作者。此举将使更多的优秀项目得以获得资金而进入国内外市场，在确保节目质量的同时，有效降低了市场风险。

2008 年首次创办的动画项目创投在国内外引起了积极反响，由组委会提供资金制作的样片带到戛纳参加了法国青少年节目市场 MIPJunior 并引起了 Cartoon

阅读不偏食（城市动画）

马丁的早晨（今日动画）

课间好时光（城市动画）

Network，BRB，Nicklodeon 等诸多海外知名动画公司的浓厚兴趣。

体验首家动漫博物馆

　　上海动漫博物馆于 2010 年 4 月在上海张江动漫谷正式落成。这是国内首家集展示、交流、科普教育、实践互动、产业促进等多功能于一体的大型现代化动漫展馆。上海动漫博物馆响应了国家文化产业发展战略，充分发挥了既有的产业优势和功能要素平台的最大效应，并有助于解决动漫企业在发展过程中展示交流及市场化的瓶颈。

　　上海动漫博物馆以"动漫、体验、科普"为核心，以科普性、互动性、趣味性为特色，内设历史展呈区、互动体验区、多功能 3D 影院、临展区等展区。博物馆外观为立方体加穹顶建筑。一楼展示陈列区以回顾经典为主线，以漫画、动画发展长廊为表现载体；二楼动漫互动体验区通过基本技能的实践、前沿技术的展示、新媒体的互动使参观者全面参与漫画艺术创作，体验一场身临其境的梦幻体验；三楼剧场区拥有 200 座的"立体影像、悬浮体验"3D 电影院，为观众呈现集感官于一体的多媒体视听盛宴。

手机娱乐平台（海唯动漫）

蘑菇点点（动酷数码）

"一体两翼"显创举

张江文化科技创意产业基地成立以来，积极探索一条推动文化创意产业快速发展的道路，经过数年的摸索，按照打造产业链的要求出发，基地制定并实践了构筑"一体两翼"核心功能的思路，即以基地公司为中心，以技术性公共服务平台和投融资公共服务平台为两翼，充分结合政府、技术和资本的力量，共同推动产业发展和产业链形成。

◈动漫研发公共服务平台

成立于 2005 年 12 月，由浦东新区科委出资 1,000 万元，张江集团、电影学院分别出资 200 万元共同设立，平台采用公司化运作模式，主要有三大功能，即设备租赁、委托开发（项目孵化）以及专业培训，主要由平台公司负责实施。该平台经过一年的发展，不断扩充服务内容，扩大服务范围，先后举办了三期 MAYA 认证培训，并在上海市科委的支持下对渲染设备进行升级。同时，公司的专业团队还积极参与园区企业的原创动漫项目制作和孵化。

◈影视后期制作公共服务平台

成立于 2006 年 8 月，上海张江文化科技创意产业基地联合沪上影视后期制作龙头企业上海永尊文化传播有限公司共同投资打造了首个基于高清技术的影视后期制作公共服务平台。该平台能为中小企业及个人提供节目拍摄、编辑、后期制作、栏目包装等方面的技术支持，并已成为张江高科技园区影像资料集成数据库。

◈投融资公共服务平台

在上海市委宣传部和浦东新区人民政府的领导和支持下，由双方共同出资 5,000 万元设立的上海市东方惠金文化产业投资资金于 2006 年 12 月 31 日正式设立，上海东方惠金文化产业投资有限公司作为资金的运营及管理公司也于同日成立。作为上海张江文化科技创意产业基地投融资服务功能的主体，该公司结合张江文化创意产业基地的发展现状，建立以政府基金为引导，实现多渠道吸引民营资金、外资及社会资金参与的资本撬动效应，逐步建立完善融资担保、风险投资和产业基金三位一体的重点支持张江文化科技创意产业基地发展的投融资平台。

张江的年轻与活力

张江除了用"高科技"来形容外，"年轻"也是一个代名词。这里的产业是前端的；这里的大楼、公寓、有轨电车、地铁，是新的；这里的员工是年轻的，当你走在张江的马路上和办公楼里，几乎看不到所谓上了年纪的人。

张江文化科技创意产业基地年轻的员工们，在紧张的工作之余，经常举办一些年轻人钟爱的活动，如张江德国啤酒节，每年9月在传奇广场如期举行。啤酒节的影响力及知名度不断扩大，引起社会白领、外企人士的广泛关注，也为这些年轻人提供了人性化的交友平台空间，成为浦东新区的一道亮丽文化风景线。

张江德国啤酒节宣传海报

啤酒节上的狂欢

阿妮（阿妮信）

张江的年轻与活力，同样体现在其创意教育所结出的成果。

张江的教育也都围绕着张江前端的产业。由张江上海电影艺术学院拍摄制作的公益影片《你是天使》，在美国加州获得第三届好莱坞 AOF 国际电影节最佳外语片奖，是首部在美国本土获得该奖项的华语影片，并获得上海文广影视对外工作优秀项目奖。电影《身后》入围第四届好莱坞 AOF 国际电影节。电影《妈妈回来了》（纪念5.12汶川大地震）、《阿妮》等也在全国各大影院公映。

此外，上海电影艺术学院与中央电视台等合作的20集电视剧《幸福在哪里》在 CCTV 八套晚间黄金时间段播出。与韩国电视台共同拍摄制作的现代都市连续剧《兄弟，你在哪里》在韩国电视台播出。邀请系列情景剧《家有儿女》原班人马共同创作的40集电视剧《家有公婆》，成为第十四届上海电视节推荐剧目。

围绕中华传统文化与青少年革命教育的52集动画片《小红军长征记》被列为上海市重大文艺创作项目，获得中央电视台的采购。与上海东方电视台合作《白相大世界》动画栏目，创同期新设栏目收视率新高，其中作品《带引号的免费》参加了第五届全国公益法制动漫作品大赛，荣获一等奖，中央电视台为此进行了专访。

活力四射的张江，年轻人创业的天地。

张江上海电影艺术学院学生获奖作品

第一视觉创意广场

第一视觉创意广场，是与小镇融为一体的创意产业集聚区。走进第一视觉创意广场，如同置身于欧陆地区的某个小镇：欧式建筑、露天雕塑、泰晤士河……其实，人的感觉经常会出错，只要你从远处看到"现代多功能松江美术馆"那几个高挂在红墙上的艺术字，你会顿时明白，原来这是在上海的松江！

记忆和视觉中的松江

以前去松江玩，由于交通设施落后，常常是准备一至二天的时间。所以，感觉上是要出远门，像是到上海城外的地方。而出远门的地方——松江，当时除了看到的农田、农舍以外，好看的就数佘山了。98 米高的佘山是当时上海的制高点，还有那圣母堂和半山腰的天主堂。5 月的佘山，是朝圣日，也是松江最为热闹的季节：那绵延的渔船和满山的信徒，将一年的喧哗全集中于 5 月的佘山。

而今，松江已不再遥远，一个小时就可从人民广场到达；也不再仅仅只看见农田和农舍了，大学城、高档别墅群、500 强企业、欢乐谷、车墩影视基地……就连时髦

的创意产业也青睐于松江——上海起源的地方。松江又多了一份喧哗。

而青睐松江的，就是那第一视觉创意广场。

第一视觉创意广场，2006年落户于松江泰晤士小镇。整个广场占地4万平方米，一期占地1.5万平方米。在松江区政府的支持下，由上海松江新城建设发展有限公司、复旦大学上海视觉艺术学院与上海文广集团联手打造。第一视觉创意广场的创办和启用体现了大学与文化企业联手，实现产、学、研相结合，校区、园区、社区三区联动的创新思路。其定位是发挥毗邻大学城的地缘和人文优势，借助文广影视产业优势，汇聚国内外一流的时尚创意企业、创意人才，涵盖动漫、广告设计、建筑及工业设计、品牌策划、服装、美术、传媒、会展等，从而形成相对完整的创意产业链。

园内雕塑哈利·波特

小镇上的美术馆

自从有了第一视觉创意广场，松江人也有了自己的美术馆——松江美术馆。

松江美术馆是按现代多功能目标规划建设的当代型美术博物馆，是一个不以盈利为目的、为社会发展服务、向公众开放的永久性文化事业机构，是松江区首个美术作品交流展览的平台。

美术馆总建筑面积约为4,332平方米，其中地上部分3,640平方米，地下部分692平方米，展线长500米，是一个集美术作品收藏、展示、学术交流、普及审美等功能于一体，致力于进一步培育松江文化氛围的公益性社会场所。

美术馆的内部空间及功能分布合理。地下一层为备用房和库房。地上一层主要有报告厅、书店、网吧及咖啡屋等功能。其中报告厅面积为437平方米，能同时容纳244人，具有两声道同步传译的现代化多功能设施，可用于国际学术交流和影视播放。二层布置了三个常设展厅。三层为移动展厅、雕塑庭园、艺术家工作室等空间。

美术馆2007年12月开馆后，许多松江市民得以在家门口与国家顶级展览近距离接触。并已成功举办了《精神与品格·中国当代写实油画研究展》、《风景·风情全国小幅油画展》、《海上油画精品展》、《南北雕塑交流展》、《第九届国际摄影展》、《吴玉梅中国画作品展》、《海派剪纸艺术展》、《中国书画名家作品展》等活动。

第一视觉创意广场夜景

展览馆中央大屏模型

高新技术的展览馆

在松江城市规划展示馆参观一圈，所花的时间虽不多：看 4D 电影 20 分钟，感受松江对于上海的根源意义；看规划展示并听讲解等大概 45 分钟，但所受的感动却远不止这一小时的时间。

松江城市规划展示馆，位于松江新城英式风貌区泰晤士小镇 626 号，建筑面积 1.4 万平方米。展示馆大楼共分四层，地下一层至地面三层依次为松江工业展示馆、松江城市规划展示馆、会务区和办公区。

松江城市规划展示馆按五大板块布展，依次为城市记忆走廊、城市足迹走廊、总体规划展区、和谐规划走廊及 180 度弧幕 4D 影院。馆内展出了千年松江府城壁挂模型、松江名人录多联液晶墙、十里长街多媒体长卷、松江老城、松江新城、松江工业区及佘山国家旅游度假区等区域的模型，涵盖了松江的历史、科技、文化、教育、卫生、农业、旅游以及现代工业等内容。

松江城市规划展示馆以史实为经，以文化为魂，以高科技光电为支撑，以时代为场景，融知识性、趣味性和启迪性为一体。城市记忆走廊高度概括了松江自新石器时期以来的主要大事，集中展示了松江自西晋至新中国成立以来的名人名作。宽达 10 米的动画长卷由 5 台投影屏幕无缝拼接组成，再现了明清时期松江老城"十里长街"的繁华景象。农业园展区设有"格林葡萄园"互动小游戏以及农业信息互动桌，大大增强了游客的参与度。极具视觉冲击力的 4D 电影《松江——上海之根》历时 20 分钟，不仅让观众领略到松江的沧桑巨变和文化积淀，还能感受到历史和时代赋予松江的重托与责任。

松江城市规划展示馆梳理了九峰三泖近 6,000 年的人文历史，探寻了松江作为上海之根的文化内涵，演绎了松江城市建设和管理的先进水平，力证了松江已然成为上海郊区城市化的一部经典力作。它构成松江人乃至上海人了解自身的一扇窗口，成为松江乃至上海的一张靓丽名片。

松江工业品展示馆位于松江城市规划馆地下一层，电子信息制造业、生物医药、现代装备、精细化工、新材料制造等松江五大支柱产业逐一亮相。此外，正泰电气等 118 家优秀在松企业也展出了各自的拳头产品。成立不久的大学生创业企业能济电气也出现在了展示馆中。

视觉活动的集散地

不同于松江欢乐谷的身体极限的挑战，来创意广场的，是来享受视觉大餐的。

第一视觉创意广场自创建以来，举办了大小活动近三十场，有风景·风情全国小幅油画展、中国当代油画写实研究展、首届 RELAX 松江年度汽车评选大奖盛典、海上油画精品展、百对准新人体验花嫁喜铺时尚英伦新婚典、南北雕塑交流展、和谐之风书画摄影作品展、中国油画·工笔重彩·水墨肖像艺术展、2008 国际摄影周暨第九届上海国际摄影艺术展览、吴玉梅中国画作品展、第五届国际新闻摄影展（华赛）、日本环保展、华普经典 TX 出租车试乘活动、中外电影工作研讨会、往东往西画展、第三届泰晤士国际啤酒节、当代海派剪纸艺术展暨松江迎春剪纸艺术展、"盛世典藏"中国书画名家作品展、"童言无忌"第五届刘海粟美术馆海风艺术进修学校儿童美术作品展、新安画派张氏三代、江淮大写意萧氏父子书画展、秋山孝 IN 上海松江——环保、社会、文化、教育的插画海报展、"庆国庆迎世博"2009 长三角书画名家邀请展、"松江·海南"海南省美术协会油画联展、"平复帖杯"国际书法大赛、符号城市等。

◈ 中国当代油画写实研究展

中国当代油画写实研究展展示了从全国征集的 2,800 余件作品中精选的 200 余件作品，从题材表现、作品布局、色彩处理、笔法运用等各个层面，全方位展现了中国写实油画的"精、气、神"。靳尚谊、詹建俊、杨飞云、罗中立、刘小东、毛焰、刘仁杰等老中青三代油画家的作品汇聚一堂，同时还展出复旦大学上海视觉艺术学院师生以及第一视觉创意广场的作品。

◈ 海上油画精品展

海上油画展是上海油雕院与松江美术馆联合举办的《海上风情——上海油画精品展》系列之一，展出的作品是上海最具实力的油画家最新创作的力作，囊括了邱瑞敏、俞晓夫、周长江、徐芒耀、王向明、陈燮君等名家。

◈ 时尚英伦新婚典

雄伟宏丽的大教堂、经典的怀旧街景、英式市政广场、蜿蜒的泰晤士河道和情人码头……无处不充盈着异国情调与欧陆风情。来自上海近百对准新人手拉手，在花嫁喜铺泰晤士－英伦婚礼会欣赏了时尚英伦婚礼 SHOW。花嫁喜铺倾情打造的浪漫盛典，带来创意主题、精心布置与新颖仪式的完美融合。

◆南北雕塑交流展

南北雕塑交流展，汇聚了我国 37 位学院派雕塑家近 60 件作品。

◆和谐之风书画摄影作品展

和谐之风书画摄影作品展，旨在弘扬上海"海纳百川、追求卓越、大气谦和、开明睿智"的城市精神，增进上海与兄弟省市的文化交流。

◆形象对话——中国油画 · 工笔重彩 · 水墨肖像艺术展

随着社会的发展，肖像画的艺术功能和审美追求也在不断地发展与变化。当代中国油画家、工笔重彩和水墨画家虽然从事的画种不同，但在肖像画领域里，画家们在继承前人的基础上都取得了新的进展与成就。该展览将油画、工笔重彩和水墨画以肖像为专题，采用形象对话的方式展出。

◆吴玉梅中国画作品展

共展出国家一级美术师吴玉梅 30 年来创作的 90 多幅主要作品，包括难得一见的山水画、不经意间留下的花鸟小品以及她最擅长的花鸟画。这些作品中有些入选过全国展，有些曾在国外展出并获奖，有些则入选中学美术教材或在《人民日报》、《中国书画报》等国家级报刊发表。吴玉梅中国画作品展是继1987 年在其家乡松江举办首次画展后的第二次画展。开展仪式上，吴玉梅还向家乡赠送了画作《春满家园》。吴玉梅的花鸟画洋溢着对生活的热爱，清新自然，袒露着一位来自"田园"的艺术家纯真的情感和宽广的胸怀。与传统文人笔下的蔬果不同，她画的是长在田里的植物、果蔬，并同时画出培育它们的土地，抒发了画家对农村生活的热爱及对家乡的眷恋之情。

吴玉梅的花鸟画

◆第五届国际新闻摄影展（华赛）

第五届国际新闻摄影展（华赛）共收到来自 70 多个国家和地区 3,100 多名摄影师的近 3 万幅作品，其中外参评作品占总数的 76.8%。评委会最终评选出 8 大类 16 项的金、银、铜奖和优秀奖。中国摄影师邹森拍摄的《母爱 · 地震》获 2008 年度新闻照片奖。

金奖作品：伊拉克囚犯中心

赛马

金奖作品：地震中的母亲

纷至沓来的创意企业

围绕第一视觉创意广场的产业特征和其独有的资源，文化艺术类、设计创意类、婚纱创意拍摄类和大学生创意公司纷纷入驻。文化艺术类企业如：淘雅堂、顶盛画廊、迪画廊、尔冬强艺术中心、鹭羿通船舶用品、上海云间中国画院、雅正文化艺术品（上海）有限公司、蒂芙特茶文化、大卫德堡、松江泰晤士花艺服务社、上海松江美术馆有限公司、上海广富林文化发展有限公司、上海松江文化创意园有限公司等；设计创意类企业如：三艺工艺品、义薄云天珠宝、奥思丁服饰、GTG 设计中心、涣元实业、上海方之圆商贸发展有限公司、上海韵之律文化传播有限公司等；婚纱创意拍摄类企业如：上海千子晨婚纱摄影、上海心心族婚纱摄影、上海巴黎婚纱摄影、上海苏菲亚婚纱摄影、上海龙摄影、上海薇薇新娘、上海花嫁喜铺、上海松江米兰婚纱摄影、乐庭婚纱摄影、阿曼妮莎婚纱摄影、金山侬侬婚纱摄影、松江珍妮花、上海 V2 视觉外景婚纱摄影等；大学生开办的创意公司，如上海唯宽创意设计有限公司、上海卓文创意设计有限公司、上海泛美广告传媒有限公司、上海研程文化传播有限公司、上海师驰文化传播有限公司、上海尚影文化传播有限公司、上海莹佳文化传播有限公司、上海煜枫文化传播有限公司等。

来松江欢乐谷，别忘了还有一个第一视觉创意广场哦。

现代戏剧谷

上海人经常去美琪大戏院或云峰剧场看戏，但却不知道自己已经沉淀于"现代戏剧谷"里。

近几年，上海夜晚的演出什么最热门？你可能想不到——现代戏剧。从六度上演、每次仍一票难求的《暗恋桃花源》，到连演百场的《剧院魅影》、《狮子王》，再到隔三差五亮相的诸多小剧场话剧，现代戏剧让上海入夜的剧场爆棚。

都市里的戏剧谷

2008 年和 2009 年，每年推出上百部话剧演出的上海，观众 80% 以上是白领；一部百老汇音乐剧，连演百场，上座率 99%。戏剧文化的消费量急剧上升。戏剧谷应运而生，欲打造成中国的百老汇。十年前这是个梦想，而今，却是现实。

现代戏剧谷以南京西路—华山路为轴线，围绕它细分为各有侧重的三个产业区：美琪大戏院－商城剧院－上海展览中心－云峰剧院现代音乐剧产业区；百乐门多媒体戏剧产业区；上海戏剧大道－上海戏剧学院－儿童艺术剧院都市话剧产业区。

现代戏剧谷开幕盛典

以美琪大戏院为起点，经百乐门至华山路上海戏剧学院，是一个宽约0.5公里、长约3公里的S形带状街区，这片"黄金谷地"不仅集中了美琪、云峰、上海商城剧院、百乐门舞厅、儿童艺术剧院等10多家各类文化演出场所，还有以"梅泰恒"（梅龙镇、中信泰富、恒隆三大商场）为标志的时尚购物区，以上海展览中心和波特曼丽嘉酒店为标志的宾馆会展区，以协和城为标志的休闲娱乐区，以及陕西北路历史风貌保护街区，这个带状街区还紧邻以SMG为标志的信息传媒区和巨鹿路文化景观线。

现代戏剧谷于2009年5月20日正式开幕，是静安区立足服务国际商务港和特有的文化比较优势，以现代戏剧产业链为依托，以现代音乐剧、都市话剧、现代歌舞剧、时尚戏曲等为主要艺术产品形态，以现代戏剧专项资金为引导，以"壹戏剧演季"、"壹戏剧论坛"、"壹戏剧教育"等十大项目为重要平台，在上海东西南北文化的枢纽地带形成的现代戏剧产业集聚区，并致力于成为戏剧平台服务商、戏剧资源集成商、戏剧环境营造商。现代戏剧谷已被列为上海市首批文化产业园区，集聚了多家大中小戏剧演出剧院、多个戏剧大师创意工作室和上海戏剧学院、上海歌剧院、上海话剧艺术中心等艺术机构，每年呈献近千场各类戏剧演出。

戏剧平台筑成戏剧谷

现代戏剧谷以剧目呈现为核心，力推四大平台建设——演出季平台建设、资助平台建设、推广平台建设、演出平台建设，以集聚更多的市场主体、戏剧人才和优

话剧《樱桃园》新闻发布会　　　　　　　　花雅堂《牡丹亭》首演

秀戏剧作品，优化商业商务文化环境，培育都市文化产业的新业态。上海现代戏剧谷发展有限公司，作为上海现代戏剧谷总制作人，以承接政府购买专业服务的方式，全面负责上海现代戏剧谷的日常运营和管理，以"艺术性兼具时尚性，商业性兼顾公益性"为宗旨，着力于把上海现代戏剧谷打造为中国最大的戏剧演季平台、戏剧教育平台、戏剧资讯平台、戏剧创意平台和戏剧创业平台。

现代戏剧谷在推广平台建设中，推出全新"白领晚宴计划"，以"一个节、一张卡"即"白领戏剧节"和"壹戏剧白领卡"为平台，建立与戏剧观众的常态互动机制，为培育潜在和忠实的现代戏剧谷主要观众群提供了一个新的服务载体。

好戏连演戏剧谷

纽约百老汇，41街至53街之间的区域集聚了57家全球闻名的剧院。据统计，每年百老汇剧院仅门票收入可达5亿美元，相关总体收入则超过50亿美元，观众突破1,000万人次，各类造访观光人次可达2,500万。纽约就是剧院，纽约就是百老汇。而英国伦敦西区的剧院区拥有49座剧院，大多数集中在沙福兹伯里大街和海马克特两个街区，方圆不足一平方英里。2008年，吸引全球观众约1,363万人次。

静安区物理空间有限，但其深厚的历史文化底蕴和浓郁的现代商业文化氛围恰恰是文化产业集聚的有利条件。静安区政府已经把现代戏剧谷作为支撑国际静安发展战略的四大支柱之一，并加以全力推进。

作为戏剧平台服务商、戏剧资源集成商、戏剧环境营造商，现代戏剧谷每年呈现春夏和秋冬两大演季，邀请国内外知名艺术家担纲艺术总监，不断对都市中心城区的戏剧主题样式进行开创性探索，积极开展国际戏剧文化的交流与合作。通过颁

音乐剧深呼吸

上戏戏博会

静安福布斯论坛

《百老汇之梦》开幕首演

孟京辉名家系列讲座

布《核心剧（项）目资助办法》，着力打造优秀戏剧作品，致力于戏剧新锐及原创作品的培育与推广；以"白领戏剧节"、"年度大赏"、"壹戏剧论坛"等公众活动为途径进行戏剧文化普及和戏剧氛围营造，并通过"壹戏剧教育传播网络"建立起与社会大众的常态沟通机制。凭借"开创性"与"前瞻性"，现代戏剧谷被沪上主流媒体评定为"半年度最热文化城区"及"年度摩登事件"，中国最大的戏剧生活平台已初步建立。

大师云集戏剧谷

上海现代戏剧谷中目前有大中小戏院 15 个，还有余秋雨、谭盾、孟京辉、张军等艺术大师名家的 5 个戏剧创意工作室，以及上海戏剧学院、上海歌剧院等多个艺术机构。然而，它又并不局限于目前这个面积 1.5 平方公里的地理概念，戏剧谷的集成功能将向更广泛的区域辐射，上海话剧艺术中心、上海大剧院、正在建设中的专业的音乐剧剧场和正在蓬勃兴起的上海民间戏剧力量、海外戏剧制作运营公司都将在上海现代戏剧谷的平台上集结。

◈美琪大戏院

美琪大戏院在国内外享有一定的声誉，是上海以演出大型歌剧、芭蕾舞剧、音乐舞蹈为主的综合性剧场，是国内外文化交流的主要演出场所。它的风貌赢得了国内各名牌高等院校建筑系师生的赞赏和青睐，被列为"近代优秀建筑保护单位"。

◈百乐门

怀旧又颇具现代风格的娱乐场所，老上海的文化底蕴在这里留下了深深的烙印，静安区内现代商贸发达，中西文化交融，百乐门这座有着 70 年历史的建筑在这座现代化的都市中显示出独特的气质。

美琪大戏院

800 秀

800 秀创意园，因地处于常德路 800 号而得名。至于那个"秀"字，懂得时尚的都能体味。

"赫德路"与"常德路"

800 秀全景

走在如今的常德路上，曾经的故事，或许已很难追寻，只有那百年前种植的梧桐，在微风摇曳下，低声诉说着那曾经的难忘。

从静安寺南京路沿常德路往昌平路一带，曾经是著名的英租界的"赫德路"（今常德路）和"康脑脱路"（今康定路）。而 800 秀创意园前身为上海中心城区最长最大的车间建筑——原人民电机厂厂房。在一片连续低矮的灰瓦老墙之中，一座由钢铁架构的高大玻璃建筑显得清晰震撼，一个豁然通透的视觉形象做出了一个迎向公众

75

800 秀空中俯视

迎接宾客的机器人和创意号

的开放姿态。

　　800 秀由上海静工（集团）有限公司与上海电气资产经营有限公司双方共同出资改建，力求与上海南京路形成 CBD 商圈，打造为走秀、时尚发布、品牌展示的多功能秀场、高层次商务办公区域、高档商业休闲服务为一体的创意产业园。

"一轴两翼" 秀魅力

　　800 秀已成为静安区独一无二的地标性建筑，老工厂绚丽的玻璃幕墙成为这里一道独特的风景线。伴随着园区的华丽变身，玻璃入口也将成为聚光灯的焦点所在，迎接访客进入园区。

　　"一轴两翼" 的布局彰显了 800 秀的魅力。以多功能秀场为中心，创意办公与休闲餐饮区域分布在 "南北两翼"，将会展、时尚发布与商务、休闲有机地结合。

　　"800 秀" 项目 "一轴两翼" 的三个功能区域为：

　　"一轴"：以长约 115 米的老车间为主体，改造成为模特秀、车展、时尚产品发布与展示、新闻与广告宣传、媒体报道等多功能的秀场展示厅。

　　"北翼"：以交错的独幢车间、联体小洋房为基础，改造成为开放式对外服务的商业休闲区域。

　　"南翼"：以标准的旧工业厂房为依托，改造成为有屋顶花园、地面广场并赋予时尚元素的时尚办公楼。

大型活动青睐 "秀"

　　上海国际创意产业活动周，是中国最大的国际创意和设计活动。以 "创意 ·遇见世博；设计 · 品味生活" 为主题的 2009 上海国际创意产业活动周，就在 800

会弹吉他的钢索人

晒上海

马赛克

摩托车很另类

秀举办。共有 20 多个国家和地区参展，包括荷兰建筑设计、澳大利亚景观设计、德国产品设计、巴西平面设计、冰岛动漫设计 5 个专题馆。展馆设置参照世博会国家馆的概念和形式，体现各国在创意设计领域的鲜明特色和最高水准，充满了"世博味"。

没有围墙更平民

800 秀的建筑设计尽管包含了太多的现代元素而显其高贵的姿态，通透的玻璃、夸张的造型、人性化的功能，而这一切，没有被神秘的外衣所包裹，因而她更显亲和、平民。800 秀是开放的，可以说是设计理念的体现。上海的很多公众活动场所，给人的感觉是深不可测，老百姓"走过路过都会错过"，原因在于封闭的物理空间和那不太亲和的门卫岗哨。800 秀没有围墙、没有大门，她是开放的，因而是属于公众的。如同罗昂建筑师 Frank Krüger 所说的，任何人只要想进来都可以来，这是个公共空间，是属于大家的。你可以随便到这里的院子里坐坐，只因为这里真的很棒！周围居民对他们所居住的环境正在发生的改变感到好奇，也许还会有一些未知的恐惧，但通过 800 秀这样一个项目让人们了解这里正在发生的一切，并且可以参与到其中，消除担忧，这点很重要。

静安馆

M50

　　上海有很多艺术家集聚的地方,M50 是比较早的一个。因其靠近上海的苏州河,所以也凝聚了一段民族工业的历史。

M50 被保留的奇迹

　　上海的苏州河在早先的工业时代主要用于交通运输,两岸云集着大批工业厂区。随着经济发展和环境保护的需求,产业转移或升级,大量厂房被拆除或迁移。苏州河畔水泥高楼拔地而起,吞噬了大量有历史价值的老厂房、老仓库。而莫干山路 50 号老建筑群能保留下来,实属奇迹。

　　M50 创意园位于上海民族工业的发源地之一———普陀区苏州河南岸半岛地带的莫干山路 50 号,拥有自 20 世纪 30 年代至 90 年代各个历史时期的工业建筑 4.1 万平方米,是目前苏州河畔保留最为完整的民族纺织工业建筑群。莫干山路 50 号厂房建于1933 年,是近代徽商代表人物之一周氏的家族产业。1937 年建立信和纱厂,解放初改为信和棉纺厂,1962 年改为上海第 12 毛纺厂,1994 年改为上海春明毛纺织厂。

老厂房大门

修缮后的 M50 建筑

    M50 邀请国内外专业机构对园区进行了保护性的风貌规划和修缮，改造后的 M50 不仅依旧保留着原有工业厂房的风貌，同时添加了现代时尚的元素，使历史文脉和现代元素相为融合。

    在 M50 创意园区里，你见到的厂房建筑有砖木、砖混等结构形式，宽敞的车间，斑驳的水泥墙面，铁杆扶手的楼梯，以及那只高耸的水塔，仿佛都在述说着这里曾经发生过的故事。

M50 的偶然和必然

    纺织厂能成为时尚和艺术的代名词，这对于任何人都是需要想象力的。停产后的春明毛纺厂经历了从都市工业园区到创意产业集聚区的转变，其中不乏偶然性。最初作为都市工业园区时，连煤饼商店也曾入驻其中，还有不少地产开发商想要在此建造亲水景观住宅区。艺术家薛松的偶然入驻，开启了 M50 的创意产业之路。2000 年，画家薛松一眼就相中了破旧机器尚在、管道线路裸露的染整车间，原因就是窗外便是苏州河。他偶然地成为入驻 M50 的第一个艺术家。尽管那时人们还无法联想车间会成为画室。2002 年，香格纳的老板瑞士人劳伦斯，对那无人问津的废置房——锅炉房情有独钟，其间虽因改造费用高、房顶太高不实用而有所周折，但最后，这个瑞士人还是开出了 M50 的第一个画廊。于是，通过口口相传，当时上海的一批艺术家纷纷慕名而来。殊不知，这一偶然的入驻，却为 M50 日后的辉

展览空间

香格纳活动

展览空间

煌奠定了基石，因为，在世界，在中国，文化创意产业正在悄然兴起，M50 的转型又是一种必然。

2000 年起，M50 逐步引进了以视觉艺术和创意设计为主体的艺术家工作室、文化艺术机构和设计企业。10 年来，先后引进了英国、法国、意大利、瑞士、以色列、加拿大、挪威等 20 个国家和地区的 140 余户艺术家工作室、画廊、高等艺术教育以及各类文化创意机构，除了香格纳画廊和薛松工作室，还有凹凸库、M 艺术中心、EPSON 影艺坊、双城现代手工艺术馆、丁乙工作室、张恩利工作室、周铁海工作室、杨青青工作室等。

香格纳画廊

薛松工作室

充满艺术气息的 M50

画室不再神秘

吾灵小小画家坊

　　一踏进 M50 的大门，就能感受到这里独特的、原汁原味的、浓厚的文化艺术气息。大门口不算太宽阔的场地既可以办露天展览和秀场，平时也可以作为茶座。四层小楼有 70 多年的历史了，楼下以前是染整车间，现在是画家村，入口处每天都摆放着园区艺术家们的展览广告和指示牌，方便游人和顾客探访。这里的画廊街，其实就是原来旧车间的走廊，每个车间都有画家入驻。当你走在画廊中，仿佛置身在 20 世纪的老厂房，却又如此之艺术。

　　画家们在这里作画、交流、销售，而 M50 为艺术家提供了展示创意，发挥创意的平台，也让人们有了享受创意成果的机会。这块新的地方让艺术家们不论地位、不分辈份地共同拥有了一片自由土地。他们在此畅快地思考、交流、创作,各自圈地,却又相互往来，营造了苏州河沿岸浓厚的文化气息。对于非艺术家来说，M50 同样意义非凡，它让画家的画室不再那么神秘，让人们尽情感受创意作品的魅力。2009 年 4 月 18 日上线的吾灵网 www.M50.cn 是全国首个以实体园区为依托的大型网络

M50 作品

M50 作品

M50 作品

创意公共服务平台，通过网上创意园的形式突破传统的物理空间的限制，开拓创意产业发展的无限空间。

魅力时常绽放

一句"去M50看画展吗"，已经成为上海艺术爱好者的交流语。M50每年推出300场左右的各种艺术展览，已然成为上海文化艺术活动的又一重要场所。

上海国际服装文化节、时装周、时尚之夜、上海苏州河文化创意产业论坛、"共享奥运情，一路卓越心"为奥运健儿加油喝彩、CREATIVE M50年度创意新锐评选、宝马车展、ADICOLOR明星慈善派对、欧莱雅产品推广、中法埃菲时装设计师学院首届毕业生作品展等一系列时尚活动，都曾为这里增添一抹缤纷。丰富多彩的活动，同时也提升了文化创意产业的社会和经济价值，展现了海纳百川的国际大都市形象，成为一道独特的人文景观。

这就是M50——连续多年被评为上海最有影响力的创意产业集聚区，荣获上海市品牌产品"区域名牌"称号、全国旅游景区"AAA"景区称号，2007年被国家旅游局批准为全国工业旅游示范点， 2009年被授牌为上海首批文化创意产业园。M50，这个蜕变于传统工业，发展于上海新一轮产业结构调整时期的品牌，经过近10年的积累，正逐步成为"艺术、创意、生活"的代名词。

自拍话剧

老码头

随着 2004 年 12 月的那一声爆破，有 150 年历史的十六铺码头（上海最早的码头）成为历史，只存在于人们的记忆里。曾几何时，这里是全国最大的水路客运站，原本辉煌的轮船客运码头随着时代的变迁而装进了历史被封存。而老码头，就是随着这声爆破而建立起来，其前身为上海油脂厂和十六铺码头。

风情万种的老码头

因十六铺而改建的老码头，具备独特的区位优势：东贴黄浦江，与陆家嘴金融贸易区隔江相望；南临南浦大桥，与世博园区紧密相邻；西靠上海老城厢，与豫园、淮海路商业街、新天地等遥相呼应；北连举世闻名的外滩，与具有百年历史的万国建筑博览群一街之隔，正好位于上海的黄金旅游中心。

与环境相呼应，20 世纪 40 年代老上海的繁华风貌被老码头呈现出来。曾经，这里的弄堂、街面流传着无数上海滩大亨的传奇故事。散布于黄浦江边的大街小巷，集中了老上海情调的核心元素：弹格路、当当车、黄包车等；老式石库门群落，屋

改造前的老码头

老码头集海派建筑之精华

顶的欧式露台，曾经的黄金荣和杜月笙的仓库、宪兵司令部寓所、上海最早的海关所在地。这里还云集了风格各异的音乐酒吧、红酒雪茄吧、精致咖啡店等，散布着浪漫的情调。

作为工业重镇，十六铺也见证了上海码头工人的力量。如今，老码头建于这块区域，具备了传承的意味。

老码头的产业带

老码头与外码头、幸福码头两个园区共同形成上海滩总部型创意产业集聚区。老码头有两部分区域，即广场部分和创意园区部分。广场部分网罗了风味纯正的各国美食，汇集了风格各异的特色酒吧，无论是美味大餐还是午后小食都可在这里得到满足。广场中心建造的景观水池，可随时变为一个水上T型秀台，可谓一大亮点。创意园区部分导入的则是创意产品工作坊、先锋艺术家工作室、商务办公等元素，各种个性鲜明的创意产品令人流连忘返。

老码头园区以休闲产业与现代商业为产业特色，力求将文化艺术注入现代商业、休闲产业，积极打造上海时尚创意商业文化的"斗秀场"，并成为国际时尚设计中心，以此演绎上海时尚休闲、商业购物的新标杆。

老码头的建筑群

原来灰头土脸显得有点破旧的老厂房经过重新整修，变成了一栋栋具有老上海风格的怀旧建筑。同时整个建筑群在整旧如旧的前提下，有机地糅进了一些现代的元素，使人感觉处处散发出一种时尚的气息。

页图：老码头日景

海派建筑的老码头

红坊

很特别的围墙，很有个性的 LOGO，硕大的园区空间，各类充满艺术气息的雕塑与园区建筑相互映衬，让人不时眼前一亮，这便是红坊。可以说，红坊的每个角落都别具韵味。

红坊　让城市再生

"城市再生"或"历史建筑再利用"的概念缘于现代城市的旧城改造，并且是非常专业的名词。巴黎的左岸贝西区、悉尼的岩石区、纽约的苏荷区、伦敦的泰晤士河南岸等，都是"城市再生"项目的成功范例。

上海经济的发展，一方面，产业转移留下了大量老厂房老仓库，另一方面，城市居民对生活空间的审美需求也逐渐强烈，而上海的城市雕塑现状是数量不多、优秀作品不多。因而，"上海红坊国际公共文化艺术社区"（简称红坊）就应运而生。

上海红坊国际公共文化艺术社区，前身为始建于 1956 年的原上钢十厂冷轧带钢厂厂房群。

法国商会活动

◈公益性文化艺术展览

· **雕塑百年大展**

这是中国雕塑展览历史上第一次大规模地将百余年来几代雕塑家的代表作集聚一堂，它不仅是一次现代雕塑艺术的全记录，更是中国百余年雕塑全过程的缩影。

· **迎世博春季邀请展——雕塑让生活更美好**

展览特邀国内外优秀雕塑家参与，利用世博会的综合资源和品牌优势，打造城市雕塑精品力作，为世博园区储备雕塑作品。

· **上海双年展国际学生展**

该展览以超设计为主题，云集海内外 20 多所高校的学生作品，为年轻艺术家提供开阔的展示平台。

· **罗丹雕塑艺术展**

与法国专业机构合作，使《思想者》、《巴尔扎克》等 33 件罗丹的雕塑作品集体亮相，全世界仅存三套的珍贵版画首度与中国观众见面。

◈国际学术论坛

· **"跨越间隙"国际论坛**

活动由日本北九州市与现代美术中心 CCA 策划举办，是一个从不同视点对当今社会共同问题进行意见交换，相互启发思维的平台。

· **"城市再生"学术论坛**

液体震撼之夜

欧米茄110周年庆典

探讨时代精神下的城市建筑，包括问题研究、趋势判断和观念把握等。

· 全国工业遗产保护利用现场会

研讨我国工业遗产保护利用的问题及对策。

加油！好男儿

◆积极引入国际文化时尚活动

依托独具风貌的工业空间结构，上海红坊国际公共文化艺术社区至今已成功举办多场大型顶级时尚活动，包括欧米茄110周年庆典、施华洛士奇亚太之夜、芝华士"米兰时尚派对"、Translate虎牌无间音乐汇、宝马、保时捷新车发布会、HSBC财富论坛启动仪式鸡尾酒会、Remy Martin人头马VSOP酒会等等，这些时尚活动的举办，为红坊国际公共文化艺术社区注入了时尚而华美的色彩。

探寻上海城市雕塑艺术中心

走进红坊园区，很多人说的一句话就是"好大哦"。而当你突然在园区的某个地方发现雕塑体的某个部件，可能会被吓一跳。定睛一看，原来是半成品，猜想这个地方大概就是上海城市雕塑艺术中心了。

上海城市雕塑艺术中心是在上海市城市雕塑委员会、上海市城市规划管理局领导下，为发展上海城市雕塑而专门设立的一个民办公助的综合性艺术机构。该中心利用上钢十厂原轧钢厂厂房改建并精心装修而成。这里曾举办了许多知名艺术家个

民生艺术馆

人展，如罗丹雕塑艺术展、吴永平的结构青花雕塑展、法国雕塑艺术作品展、波普教主安迪渥荷个展等等。

上海城市雕塑艺术中心，旨在为上海城市雕塑搭建起一个集展示交流、创作孵化、雕塑储备、艺术教育四位一体，具有开放性、国际性的艺术平台。此平台的建立对推动上海城市雕塑建设，提高城市雕塑水平，推广城市公共艺术，促进社会主义精神文明发展具有现实的推进作用和深远的战略意义。上海，从此有了一个真正意义上的雕塑艺术中心。

漫步民生现代美术馆

民生现代美术馆是由中国民生银行发起，主要从事文化艺术类活动的非营利公益性组织，也是中国大陆第一家以金融机构为背景的公益性艺术机构。其宗旨是立足研究中国现当代艺术，整合社会资源，推动中国当代文化事业的发展，同时支持国际艺术在国内的推广。业务范围包括艺术品征集、收藏、陈列和展览；举办国内、国际学术交流活动，推动艺术研究；面向社会公众进行当代艺术教育和美学教育等。通过策划组织一系列高质量的艺术展览，学术报告及学术沙龙等活动，努力发挥先锋艺术的引领和表率作用，发掘和扶持关注中国本土问题并兼具国际前沿意识的当代艺术创作。美术馆还聘请了国内最有影响力的一批理论家团队，努力打造成为国内国际一流的当代艺术展示和学术平台。

坐落在红坊园内的上海城市雕塑艺术中心

红桥画廊

吉承工作室

伊莱克斯文化体验馆

放眼红坊文化创意机构

红坊国际公共文化艺术社区积极打造公共文化艺术平台，在以上海市政府与民企公益合作的上海城市雕塑艺术中心丰富的艺术资源的基础上，引入国内外顶尖艺术机构，如吸收中外艺术却植根中国本土作品的红桥画廊、集合国外当代艺术作品精髓的圣凌画廊等。这些高质量的画廊和艺术机构的进驻，为红坊打造国际公共文化艺术社区奠定了坚实的基础。为了有力地扶持公益艺术事业，上海红坊国际公共文化艺术社区还以低廉甚至免费的租金导入不少国内外具有潜力的文化艺术企业，如视平线艺术、艺术与设计商店等，不仅提升了社区周边空间的文化价值，营造良好的艺术氛围，也有力地扶持了城市的公益艺术事业。

园区选择真正有品质和影响力的国内外创意企业作为租户，为打造创意园区品牌打下了扎实的基础。吸引约 80 家艺术、文化、设计、传媒等行业优秀企业入驻，其中 70% 为外资文化企业。 强大的上下游产业群，在红坊园区内形成了一条较为成熟的文化传媒产业链，也为打造国际公共文化艺术社区起到积极的示范作用。

上海时尚产业园

　　这里，是国内服装业的流行地；这里，也是服装设计师、形象企划师、时装摄影师、营销咨询师、品牌培训师等集聚的园区。它用"时尚"来命名，园区的产业就不言而喻了。

小面积也能做大产业

　　上海时尚产业园，2004 年由中国服装设计师协会和长宁区人民政府、东华大学联合创立，包含上海时尚园和上海时尚产业园品牌中心两个园区。一期的上海时尚园位于天山路，占地面积 6,391 平方米，前身是上海汽车集团的离合器总厂，二期的上海时尚产业园品牌中心位于北翟路剑河路，面积 5,000 平方米，前身是长宁豆制品厂。由于园区相对面积较小，被业界称为"小面积园区"。

　　上海时尚产业园，定位十分清晰：以设计师集聚为主的时尚创意产业园区；科技和产业文化相结合的工业园区；五大功能性产业技术服务平台和示范基地；位于中心城区体现"小面积园区、大产业内涵"的高端产业园区。

张义超设计师的服饰公司

9米多高的行车车间改变为T型大舞台

众多上海服装设计师入驻于园区。建园以来，已有一位设计师获得全国服装设计最高奖"金顶奖"；三位设计师获得了"中国十佳优秀设计师"；40名服装设计新秀获得"时尚长宁"全国知名高校时装设计奖学金，还有一批服装企业走进了全国服装销售排行榜前列。上海时尚产业园已初步建成高度时尚化的国内外品牌展示发布、产品研发、项目洽谈、人才培训、信息互动的制高点和集聚区，成为时尚消费产业链中重要的一环。

思路造就竞争力

上海时尚产业园的发展思路为"产业形成文化，文化促进产业——服装产业＋时尚文化＋产业科技＝时尚创意产业"。

在这一思路的引领下，着力以五大功能服务于入驻企业：

培育产业人才平台——服装设计人才、形象艺术设计人才、动漫游戏制作人才。

培育产业设计平台——服装研究和设计中心、工业设计中心。

培育时尚文化平台——建设时尚网站，信息发布平台。

培育行业协会平台——成立洲际、全国、地区性的产业协会。

培育视觉艺术平台——每2年1场国际性活动，每年1至2场全国性活动和100场一般活动。

毛戈平形象艺术设计学校。

东北虎与时尚相得益彰

　　上海时尚产业园，目前已汇集了 48 家在中国具有一定影响力的服装服饰、时尚创意设计类的研发企业，其中有中国服装设计研究中心上海分部、日本文化服装学院上海连锁分校、毛戈平形象艺术设计培训学校、上海久姿服饰有限公司、浮山媒体等。园内设立了亚洲时尚联合会中国秘书处和中国服装设计师协会上海代表处等行业机构。同时园内设有以"5 号车间"命名的视觉艺术中心，多媒体资料库等信息发布及交流设施，供广大设计师使用。

　　上海时尚产业园，正不断诞生着引领上海时尚生活的品牌，并用时尚装扮着这座城市。

创智天地

知道创智天地，是在 2007 年的那场特奥会结束后。那时人们的目光全部聚焦特奥会，橘色的志愿者服装、精彩的节目、耀眼的烟火。特奥会结束了，人们也就知道了，原来上海的北部也有一个"新天地"——创智天地。

知识型社区脱颖而出

创智天地旧址是江湾体育场及周边地区。

创智天地是上海一个正在建设和发展中的知识型社区，不同于高新科技产业园区，其特点是把杨浦区内的十余所高等院校的校区与公共社区、科技创业园区融成一片，联动发展，创造"城市的大学，大学的城市"的气氛和环境，形成一个自主创新和创业的平台，发展知识型经济，配合上海的经济转型，实现创新型城区目标。

杨浦区占地 60 平方公里，是上海最早的工业发源地之一，也是高等学府、科研机构云集的地方，有闻名遐迩的复旦大学、同济大学等高等院校 14 所，国家级重点实验室 22 个，科研院所 150 多家。在上海实现经济转型，向创新型城市发展

知识型社区——创智天地

改造后的江湾体育场比赛场地

过程中，杨浦老工业基地开始重新定位和改造，从"工业杨浦"向"知识杨浦"迈进，创智天地作为一个知识型社区便孕育而生。

创智天地位于复旦大学、同济大学、上海财经大学、上海理工大学、上海体育学院五大高等院校围绕的中心区域，占地 84 公顷，它的周边已形成 5 个国家级大学科技园，9 个专业化科技园，3 个国家级科技孵化基地，3,600 多家头脑型的具有自主知识产权的中小型科技企业。创智天地的地理位置客观上已成为各大学科技园区的公共区域，成为大学知识外溢型经济的公共平台。

经过"修旧如旧"改造的江湾体育

知识创新生态圈完美构建

创智天地总体规划分为公共活动中心和工作生活区两大功能区。

公共活动中心是大学和科技企业研发中心、风险投资、中介服务等各种创新要素集聚互动的平台，现在已引进 EMC 中国研发中心、Oracle 研发部、Baidu 上海总部、eBao Tech 软件公司和联合国南南技术产权交易所、联合国南南环境能源交易所、联合国亚太地区信息人才培训中心、美国湾区委员会上海办事处、硅谷银行上海代

2007 年特殊奥林匹克

2008 年 12 月，联合国南南全球技术产权交易所落户创智天地

创智天地大学路两侧优雅的商务环境

表处、上海大学生创业基金会、同济大学设计创智中心、上海市管理科学学会外包管理专业委员会、上海市建筑学会中小企业创新服务中心等功能性机构，促进风险投资、人才交流、知识产权、科技中介等创新要素集聚发展。

穿越工作生活区的大学路，一头连接复旦大学校区，一头连接公共活动中心。大学路两旁的创智坊形成了扶持具有发展潜力的创新创业小企业的物理空间，配合创新企业在不同发展阶段对融资、人才、政策等方面的需求。杨浦区海外人才创业大厦、杨浦创新服务中心、杨浦区人才广场等政府创新资源集聚，为创业者、投资者提供国际化的一站式服务。

始建于 1935 年的江湾体育场，是上海市市级文物保护单位和优秀历史建筑。这座修缮一新的历史建筑已成为创智天地的地标，其功能已由竞技体育场改变为休闲体育场，为工作生活在这里的创新人士提供了放松心情、休闲健身的好去处。

东纺谷

　　"东纺谷"名称朗朗上口，但其内涵更值得一探。杨浦区位于上海市中心区的东北部，地处黄浦江下游西北岸，与浦东新区隔江相望，西临虹口区，北与宝山区接壤，区域面积 60.61 平方公里。黄浦江支流的杨树浦港纵贯区境南北，杨浦即以此演变而得名。杨浦区早年的产业以纺织业为主，所以区内的居民早年多以纺织工人为多。20 世纪 50 年代，中国提倡"众人拾柴火焰高"的多子女人口政策，因而，杨浦区的家庭往往都有一两个子女是在纺织厂工作，纺纱工、纺织机械工比比皆是。所以，"东纺谷"的名称富含历史和区位之意，很是恰当。

大杨浦 大创意

　　上海人习惯将杨浦区称为"大杨浦"。一来，面积大；二来，厂房多，尤其是纺织厂多。在产业升级和产业转移中，曾经在 20 世纪 90 年代以前为上海经济作出巨大贡献的杨浦区纺织业，遭受了"滑铁卢"。好在政府以务实的态度制定各种政策，解决了因产业转型带来的就业难题。而今，大量的老厂房资源却成为发展创意产业

赵玉峰工作室作品

赵玉峰工作室作品

得天独厚的土地资源。东纺谷，就是大量纺织老厂房中的一家。

　　东纺谷创意园前身是上海永安纺纱厂，位于平凉路上。东纺谷是由上海纺织控股集团和上海市杨浦区人民政府联合建立的纺织高新技术创意园。园区主体企业——上海市纺织科学研究院下辖六个研究所、三个中心：上海市合成纤维研究所、上海纺织工业技术监督所、上海市毛麻纺织科学技术研究所、上海市服装研究所、上海市印染技术研究所、上海市色织科学技术研究所、上海纺织节能环保中心、上海纺织新产品开发中心、上海纺织科技发展中心，从事纺织产品、工艺、设备和材料的开发应用研究。研究领域从纺织扩展到环保、航空航天、冶金、家电、汽车等相关行业，是我国目前规模最大，纺织专业设置最齐全的综合性纺织研发机构。贯彻 "科技与时尚"、走高端纺织的发展战略，以集团中央研究院的功能定位和国内一流、国际知名的纺织研究院的水平定位为目标，努力成为"科技纺织的先导、时尚纺织的支撑"。

凌雅丽服饰公司作品

陈凯原工作室作品

大创意 大平台

　　上海市纺织科学研究院集聚上海纺织科研资源，以建设高标准、高水平的科研院所为契机，加快情报信息、标准检测、项目研发、成果转化"四大平台"的建设，发展科技纺织、绿色纺织、品牌纺织、时尚纺织，开拓纺织科技新局面。提供产业链科技服务项目主要有：上海纺织研发公共服务，面料开发设计服务，新型纤维开发与应用服务，上海纺织检测服务，技术专利咨询服务，化学染料、助剂开发与应用服务，纺织节能、环保工程服务，期刊、文摘、科技图书信息服务。

　　目前，园区已引进纺织科技创意公司70余家，经上海市经济和信息化委员会命名的11位原创大师中的3位已入驻东纺谷，分别是林家阳原创大师工作室有限公司、陈凯原创大师工作室有限公司、凌雅丽服饰原创设计有限公司。此外，赵玉峰大师工作室、上海世之维集团有限公司、上海中纤纺织科技发展有限公司、上海迅尔科技发展有限公司、上海迅尔服装有限公司、上海德赛纺织工程技术有限公司等70余家企业也入驻于园区。

上海环同济设计
创意产业集聚区

　　随着赤峰路设计街的不断成熟，国康路设计企业的集聚，再加上四平路汽车一场业态的转变，居于天时地利人和的同济大学，在杨浦区政府的支持下，抓住机遇提出了将设计产业集聚并环绕起来的规划。

　　上海环同济设计创意产业集聚区前身为汽车一场、沪东高科技园区、原远洋广场。

一个知识圈　　一个扩展区　　四个辐射点

　　"环同济知识经济圈"，是发挥同济大学强势学科的知识溢出效应和产业集聚效应，以创意产业为核心形成新能源、新材料和环保科技三大产业集群的独特发展模式。2009年，核心圈内吸引服务业及其配套企业1,900多家，企业职工总数3万多人，总产出达123.4亿元。经济圈已形成典型的设计产业集群。2009年1月，经济圈被科技部授予国家火炬计划"环同济研发设计服务特色产业基地"，这是迄今为止全国唯一以现代服务业为主的特色产业基地。

1982 年的国康路

1982 年的赤峰路

　　上海环同济设计创意产业集聚区位于"环同济知识经济圈"同济大学周边 2.6 平方公里核心区域内，由密云路、中山北二路、江浦路、控江路、大连路围合组成；扩展区以曲阳路、大连路、周家嘴路、黄兴路、邯郸路围合组成，以四平路为中轴线呈对称状的五边形区域，面积约 10 平方公里；辐射点则包括新江湾城（节能与新能源科技城）、森林公园（新材料科学园）、滨江（创意设计产业园）和黄兴公园（白玉兰环保广场）4 个区域。通过有效集成大学优势设计类学科资源，发挥大学知识溢出效应，上海环同济设计创意产业集聚区将形成创意设计、国际工程咨询、环保科技三个产业集群。集聚区内包括将原"汽车一场"地块改建而成的上海国际设计一场、同济联合广场、交大昂立创意设计园、赤峰路 63 号建筑设计创意工场等重点项目，以及同济大学建筑设计研究院、上海市工程设计研究院、上海邮电设计院等一批骨干企业。

"环同济"重点项目一览

◆大手笔：上海国际设计一场

　　在建的上海国际设计一场由原来"汽车一场"（后改称巴士一汽）地块改建而来。在尊重巴士一汽停车场老建筑特点的基础上，最大程度保留老建筑的原貌，再通过

同济大学科技园赤峰路孵化基地

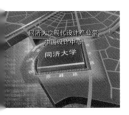

多种设计手段，实现建筑新的使用功能。基地位于同济大学四平路校门西南侧，北接同济联合广场，西邻四平路主干道，南依赤峰路设计街延伸段，东靠阜新路，规划总用地 7.05 公顷，总筑面积 20.7 万平方米。基地内设轨道交通 10 号线站，以及多个公交车站点，交通便利。上海国际设计一场主要建设内容包括设计创意人才培养与培训、发展设计创意产业、发展设计创意文化、完善配套服务与设施等。根据杨浦区与同济大学签署的《关于建设上海国际设计一场的合作意向书》，区校双方共同建立上海国际设计一场建设领导小组和工作小组，采取市场化的运作机制，以项目公司的形式进行组织管理，以 BOT 形式进行投资、运营。双方将分三年分期完成总计 20 亿的各类建设资金投入，将上海国际设计一场建设作为杨浦区建设知识创新区的国际化高端平台，作为环同济知识经济圈新一轮发展与建设的龙头项目，努力把上海国际设计一场建设成为"联合国创意城市设计之都"的核心引擎项目，成为中国乃至世界重要的设计创意基地。

◆老资格：交大昂立创意设计园

作为上海首批 18 家创意园区之一，也算有些"资格"了。昂立设计创意园建筑面积为 2.8 万平方米，是杨浦区创意产业发展的重要聚集区。园区将高校资源、优势企业和社区资源共同融合，形成创新合力，把自发形成的设计企业聚集区纳入

位于赤峰路上 63 号设计创意工场

有序管理的轨道。目前入驻企业 80% 以上为设计类企业，形成从规划设计、公用与民用建筑设计、环境设计、景观设计等完整的设计产业链，并拥有专业权威杂志、模型设计等相对齐全的配套与辅助服务行业集群。

◆多平台：63 号设计创意工场

63 号建筑设计创意工场前身为沪东高科技园区，由沪东科技信息沙龙、四平街道、上海渔业机械仪器研究所联合创办。该工场位于赤峰路 63 号中国水产科学研究院渔业机械仪器研究所内，总建筑面积 4 万余平方米，占地面积 1.6 万平方米，包括新建的一幢21层，总建筑高度 75 米的设计大楼。设计大楼占地 6,600 多平方米，总建筑面积 2.5 万平方米。目前已有 60 多家单位入驻。这里，常常举办各种建筑设计、规划设计作品展览和同济大学建筑设计作品大奖赛，成为各种建筑设计企业及大师们联谊、沙龙等活动的中心和产业发展的平台。

63 号建筑设计创意工场设计大楼，不仅达到智能化 5A 标准——办公智能化、楼宇自动化、通信智能化、消防智能化、安保智能化——且符合国际新 6E 标准，即重要的商务区、有品位的建筑、一流的硬件设施和服务、出众的客户、纯商务、非卖品。大楼内设置演讲厅、洽谈室、作品展示厅、综合商务中心（包括大学服务、企业服务）、电脑文化用品采购服务部以及专门用于建筑设计的阅读书吧等。楼外有餐厅和休闲大草坪，尽可能提供优质的服务。

63 号建筑设计创意工场集聚了建筑设计、规划设计、装潢设计和园林设计等众多企业。其中深圳国际印象建筑设计有限公司上海分公司、上海贝汉（BHP）建

东峰路上随处可见的图文制作公司

集聚多家设计院的国康路、四平路俯视图

筑设计公司、上海同建强华建筑设计有限公司等企业近年来纷纷入驻，并有大量作品问世。

◆高层面：同济联合广场

　　同济联合广场地处四平路、彰武路路口，紧邻同济大学四平路校区。整体定位为具有高度前瞻性和同济特色的，融办公、商业、酒店于一体的中高档标志性综合型建筑群，总建筑面积8万多平方米。作为杨浦区知识创新区的重要组成部分，同济联合广场将为校区、园区、社区的三区联动发展提供交流、创业、住宿、休闲、购物的完善功能配套。

同济联合广场

产业链无缝衔接

　　上海环同济设计创意产业集聚区核心区内集聚了1,000余家与设计相关的企业，形成了规划、设计、模型、图文、监理等完整产业链，并带动了建筑等相关产业的发展。其中，同济大学建筑设计研究院、上海市政工程设计研究院、上海邮电设计院、同济规划设计研究院作为区域内四大设计巨头，发挥着举足轻重的作用。

　　"环同济设计产业圈"区域内集中了10多处老厂房资源：上海第十二服装厂、汽车一场、通用电器厂、上海耐莱斯——詹姆斯伯雷阀门有限公司等。这些老厂房、老建筑资源，将随着"环同济设计产业圈"的问世或被保留、或被改造，人们可以在创新建筑形态中寻找上海早期的建筑文化元素，并感叹时代的发展是如此迅速。

铭大创意广场

铭大创意广场，由上海铭大实业（集团）有限公司开发改建，旨在打造一个以工艺品、艺术品和环境艺术为主题的创意产业集聚区，是上海较具规模的现代工业品产业集聚区之一。

打造工艺品行业的创意家园

将传统的富有人文底蕴的工艺品行业，与当今正蓬勃发展的创意产业相结合，铭大创意广场可谓是始作俑者。

铭大创意广场的前身是上海电气集团下属上海电焊机厂老厂房，建于 1958 年，闲置已多年。铭大集团整体租赁后，对厂区进行了历时近一年大刀阔斧的整体改造。建成后的铭大创意广场聚焦于中国传统工艺品行业以及与之相配套的环境艺术设计领域，以工艺品、艺术品、环境艺术的创意、研发、展示为主，兼顾产业链上的制造、贸易等环节，并提供资本、版权、市场、技术、物业、外贸、人力资源等各方面完善的全面配套服务。

园区优雅的环境

营造人文化的创意环境

创意人士对于环境的要求是非常独特的：便捷的交通、优良的环境、休闲的场所、交流的空间等等。

铭大创意广场的设计就将这些元素融合了进去，使其具备良好的园区生态氛围与景观。经典与时尚相结合的建筑风格，自由且富有变化的灵活个性的空间，体现出人性化的办公状态。在这里，人们可以充分享受绿地、空气、阳光和空间，更大程度地激发人们的创新精神和创造欲望。

园区雕塑：拉小提琴的少女

紫砂艺术

    园区内建有完善的通信、网络和 OA 系统，严密的保安系统，尽责的物业管理系统，通过完善的运营管理，培育建设创意产业链，让上下游企业在此轻松入驻、休闲办公，降低其交易成本，提升其交易达成率。

    园区还着力打造创意产业园的专业化管理系统，包括创新创意系统、创业服务协调系统、知识产权保护系统、市场推广系统、资本支持系统、品牌管理系统、信息支持系统等。

    目前一批具备相当品牌知名度的企业入驻园区，如景德镇爱瓷馆、华尔石、上海铭大爱涛创意设计有限公司、青莲大酒店、深山老屋、上海百草书画院、上海德汇创业投资有限公司、美国海别德贸易有限公司等。现代艺术大师作品展、现代刺绣艺术展、现代书画艺术展等活动都为这里赋予浓厚的艺术人文气息。

美国海别德上海培训中心

合金工厂

　　前身为上海合金材料总厂的合金工厂，今天绿树成荫，藤蔓缠绕，所有的老厂房都保留着原来的结构和设施，见证着几十年的工业文明。改造后的合金工厂内部通透宽敞，深灰色的外墙沉稳而内敛，明亮的玻璃幕墙和观光电梯却代表着时尚和现代。在这里，历史和未来，怀旧和新生，看似矛盾的元素被和谐地糅合在一起。

空间形态别具一格

　　合金工厂是以 IT 信息服务业为主的创意产业聚集区，也是闸北区大宁区域融合了历史文化和现代商务要素的新兴甲级商务领地。

　　以"保留、改造、新建"为原则，并考虑历史感与现代感的融合进行设计规划的合金工厂，遵循功能分区合理、建筑风格独特的设计理念，在保留大量原生态植被基础上，将老厂房打造成为适于大中型中外企业总部办公所需的生态商务办公环境。

2008 上海国际创意产业活动周

园区环境

　　合金工厂的空间形态，结合内部道路及建筑之间的空中廊道，形成丰富的公共交流空间，并建有内外多个庭院空间和大型露天广场，为各类企业打造人性化办公空间。

大型活动彰显风采

　　说起合金工厂，其最值得骄傲的"履历"之一就是这里曾是 2008 上海国际创意产业活动周主办地之一。2008 上海国际创意产业活动周由上海国际创意产业博览会、上海国际城市创意产业论坛、"创意盛典"颁奖仪式三大板块组成，闭幕式当日丹麦首相亲自莅临现场感受盛况。合金工厂为这一国际性的创意产业交流项目搭建了一个精彩的平台，风采尽显。

名仕街

园区最为醒目的是那整天耸立在门口的萨克斯乐器雕塑，似乎它要用那硕大的体量召唤人们来此驻足，看一看这边的精彩。

创意走进这条"街"

萨克斯乐器雕塑耸立于园区

名仕街的历史底蕴非常丰厚，历史上军、政、商都在此留下过足迹。

1940年　福助足袋株式会社／山大制造厂（日资）生产军什、汗衫等纺织品；

1946年　国民政府接管，成立建国实业公司，承接国民党政府联合后勤总部军需任务；

1949年　解放军华东军区接管，生产棉纺品；

1953年　更名为军需生产部110工厂，后勤军需生产部被服三厂并入；

1957年　上海第一电机织袜厂（1958—1961年　康福织造等8家厂并入）；

1966年　成立国营上海织袜一厂；

1976年　上海被服二厂等两家厂并入；

名仕街夜景

1991 年　上海印染针织厂（1992 年 9 月上海织袜六厂并入）。

这一串历经半个多世纪的足迹，见证了名仕街的昨天，而今天它已是中国服装集团投资控股，上海名仕街企业管理公司负责策划、建设、营运和管理的服装创意产业集聚区。

名仕街总占地面积 1.9 万平方米，建筑面积 4.1 万平方米，集中为创意产业企业提供 LOFT 复式办公、设计师工作室、展厅、活动发布等空间。

名仕街围绕服装产业、时尚创意型企业构建产业形态，涉及设计、文化创意、服务外包、咨询、技术型输出等。名仕街在"国际品牌商业渠道服务、创意空间 365、品牌配套服务"运营理念的基础上，以创意为基础，演绎具有名仕街园区特色的创意产业模式，形成了以纺织服装为核心的现代时尚业的集聚地，将时尚品牌的各个环节融合形成产业链平台，并以产业链服务平台为基础，吸引了中外品牌企业的入驻。名仕街已成为"北上海"的地标性街区。

1150 发布中心

2009 时尚创意空间展启动仪式

塔兰特艺术中心

上海时装周鄂尔多斯发布会

服务延伸这条"街"

名仕街通过园区的"国际俱乐部",与国外品牌服务和代理机构等建立合作关系,打造信息服务和商务咨询结合的时尚创意交流服务平台,为提升设计原创和品牌创意能力提供优质资讯服务。

名仕街为企业提供了一系列专业服务,如政策法规、项目申报、技术难题、成果转让、投资环境等,最大限度减少硬件投入资本和投资创业风险。

名仕街的时尚创意联盟充分利用各项硬件平台,为基地内的小企业的营运发挥作用。如为入驻企业发布品牌和产品,举办各类发布、新品展示和时尚晚会,开展各类培训。良好的设施和服务,为入驻企业在市场宣传和推广活动中提供了保障。

名仕街的创意创业基地大力扶植设计专业类优秀学生,为时尚创意企业和年轻创业者提供了全方位的服务平台。

卞清岚书法展

闸北区纪念改革开放 30 周年

名仕街公共活动场所

GIVENCHY 新粉底发布会 2009

奥迪 A4L 新车发布会

活动汇聚这条"街"

名仕街的活动空间多，有国际俱乐部、1150 发布中心、塔兰特仪式中心等。由于名仕街入驻企业中以服装品牌代理、设计、广告、艺术类公司为主，因而注定了园区的活动也多。精彩纷呈的活动，使"街"更有"名"。

从 2007 年底以来，仅"1150 发布中心"就承接 40 多场次的各类活动。如2007 上海时装周开幕式、上海国际服装文化节时装发布会、Ever last 服装展示发布会、鄂尔多斯 ERDOS2008 发布会、新奥迪 A6L 发布会、一汽大众新 Bora 上市发布会、2008 Grazia（红秀）杂志（中国）创刊酒会、电音中国（摇滚派对）音乐会、NIKE sports wear 春季新品发布会、DAZLLE 2009 秋冬季新品发布会、利乐（中国）全球培训会、法国纪梵希（Givenchy）新品发布会、丰田皇冠主题音乐剧、新生代设计师郑彤、凌雅丽、许林等个人设计作品发布会等。

伦敦皇家学院学生作品展

页图：美国传奇服装发布会

丹麦皇家学院学生行为艺术展

尚街 LOFT

地处徐汇区建国西路、嘉善路历史风貌保护区的服装品牌——"三枪"的老厂房，如今正是以尚街 LOFT 命名的时尚生活园区。

"尚街"，意为时尚之街；"LOFT"亦即利用旧工业厂房，从中分隔出居住、工作、社交、娱乐、收藏等各种创造艺术的空间。"尚街 + LOFT"，在创意的基础上，融合了时尚和传统的元素。

上海女人的钟爱

如果问上海的女人有什么习惯？答曰：逛街。逛多少时间？答曰：能长则长，长则 10 小时，短则 3 小时。你听了以后千万不要感到诧异。一来上海的女人喜欢逛街，逛街时淘点服饰宝贝把自己打扮得漂漂亮亮；二来上海的服饰大店小店星罗棋布，没有整段时间是逛不完的。那上海的女白领没时间却又要赶时髦怎办呢？给你提个建议：不妨去"尚街 LOFT"。尚街 LOFT 策划人就是关照到上海女人的购物习惯以及与时俱进的理念，把"尚街"打造成一个服饰集散地。

视觉艺术评展

东华零度空间获奖作品

伊甸之家

设计类企业作品

展示空间

中国第四届立体剪裁服装
造型设计大赛

尚街正红时装周

上海时装周

尚街 LOFT 地处上海的"上只角"（上海人曾经的习惯称呼,意思是高档地方）
——徐汇区，隐蔽在一片高档住宅区中，门前小路四横八错，梧桐袅袅。在尚街
LOFT，你可以徜徉于老厂房改建的 60 几家服饰店。20 家国际个性品牌，40 家国
内新锐设计，绝大部分都是年轻设计师的自开店，东西性价比高，又往往是单品，
保证不用担心"撞衫"。还有十家高级订制工作室，为顾客量身定做。

一体且多元化平台

尚街 LOFT 时尚创意园区，是在上海纺织控股集团公司、解放日报报业集团和
上海市徐汇区政府三方的合力推动下创立。园区定位为以服饰、办公、休闲三种业
态为主的综合性园区，并整合多种资源，将尚街 LOFT 打造成一个集教学、研发、
生产、展示、交易等为一体的商业平台，同时将尚街 LOFT 完善为一个时尚传播平
台，吸引更多时尚从业者，高端拥趸者在此开展活动。

尚街 LOFT 借助上海纺织控股集团公司的优势，打造都市时尚生活理念，搭建
设计师孵化平台、时尚设计作品的展示及贸易平台，并与上海的一些设计学院合作，
探讨共同培养设计人才模式，为社会培养设计创意人才。

尚街 LOFT 已经成为设计公司、公关公司、传媒公司、企业品牌部门的重要
活动场所。入驻的设计类企业有爱玛仕、深水社等；入驻服装服饰品牌企业有
Dickies、NEXT、K·SWISS 等；入驻的文化传媒企业包括 i 时代报、小荧星、蝶亿
公关以及杨澜的阳光文化传媒等。

SVA 越界

上广金星电视机厂是上海家喻户晓的厂家，自 20 世纪 80 年代开始，无数上海人在金星电视机的陪伴下度过了美好的时光。当电视机早已不是人们生活中的"奢侈品"时，上广电（SVA）也开始了"越界"，因而就有了 SVA 越界创意产业集聚区。

难以复制的公园型园区

SVA 越界，率先引进 office park（公园型办公）概念，保留了大量原生态绿化和产业文化痕迹，对建筑立面和内部装修改造，使用大量的玻璃门窗、空中连廊、抽象画立面、木制条型饰板等建筑元素，既突显历史感又具有时尚感。这就是昔日生产金星彩电的厂区华丽转身为公园型创意新天地——SVA 越界独特的园区特色。上广电（SVA）与锦和投资集团强强联手，特邀英国阿特金斯设计公司规划打造10 万平方米规模的创意空间。这样的园区是比较难以复制的。因为近百棵原生香樟名木和大面积绿地，构成公园型生态办公环境，使久居钢筋水泥式商务区的人们更倾向这里的绿色办公环境。

SVA 越界旧貌：上广电金星电视机厂

开放式的园区

建筑与环境交相辉映

园区绿树成荫、繁花似锦，使单一、杂乱变为秩序井然。改造后的 SVA，如茵的绿草、茂密的樟树、盛开的鲜花，给人以清新活泼、生机勃勃之感。原来园区植被品种比较单一，灌木类、落叶树较多，整体植被被杂乱无章地堆种在一起，使整体环境感觉比较压抑。通过对原有绿化的统一规划，就地移植，去除了夹竹桃等有害植物及杂草，补种了樟树、桂花、山茶、黄杨等常绿开花类苗木，并采用冬青绿篱将主要建筑室外场地有效进行划分规划，形成了花园式的办公创意环境。

开放式园区，景点与建筑交相辉映。景点是凝固的音符，它不仅能点缀园区的整体美化效果，而且还能给人们带来无限的遐想，园区的水池建设就是典型案例。园区东南角原为自行车集中停放点，既对园区对外形象造成影响又与整体规划中的开放休闲环境不相协调。改造时将该部分充分打开，改造为约 1,000 多平方米的人工自溢水面，以红枫、喷泉进行点缀，完全将建筑倒映在水面中，使建筑与景观进行了完美的结合，既提高了建筑的品质又形成了园区内一道靓丽的风景线。

人车分流、道路环通，使封闭空间变为动静相融。为了满足消防及园区今后停车要求，将园区整体道路进行了环通，并配合建成了约 5,000 平方米的大型停车场。同时，设计以人为本，以牺牲建筑面积为代价，将主要建筑中部空间进行打通，设计以花岗岩石材、七彩道板砖铺设，幻彩灯带等形成园区交通中轴线，既使环境能相互穿插，又做到了人车分流，使园区入口广场、中心广场、停车广场及建筑空间布局有效结合起来。园区通过改造，建成一个大型停车场，并配有部分绿化建设，

中国元素和创意元素相融的建筑

建有四条沥青循环道路，两条十字铺石道路，体现了园中有园、人车分离、动静相融的特点。

外立面富有时代特色，从原来工厂元素变为具有中国元素和创意元素相融的特点。如：沿苍梧路七栋小楼外立面将清水砖与玻璃幕墙、木纹装饰架等有机组合，完全摒弃了原工业厂房的单调呆板立面，形成了独特的后现代建筑风格，既融合整个园区商业休闲形态，又提升了苍梧路的整体环境；28 号楼商务办公楼原为生产车间，空间进深大，室内交通走向流线庸长、功能配套落后，立面、内部空间相对比较封闭，采光通风无法满足现代办公需求；为了满足办公用途，在保留中国元素和创意元素相融的建筑原建筑风貌基础上对外立面进行了装饰改动，运用视线可穿透的大面积窗、幕墙，以满足日照采光通风等要求。同时，结合室内空间布局，增加竖向交通组织，在建筑内部形成绿化景观室内中庭（吹拔空间），形成融各层交际、休闲、商谈的公共共享空间。

融合仓库元素的活动空间

在改造设计方面，打造创意设计主题 loft 空间。搭建阳光顶棚大仓库式空间，满足中小型企业对于总部迁入的空间需要。同时改造大型展示平台，提供创意产业公共交流派对场所，实现不同业态与公共空间、广场景观的配合。而基地沿街设置高级商铺带，以中高档品牌、特色品牌、休闲餐饮为主，为园区自身及漕河泾园区内工作的白领、商务人士提供各种高品质，完善园区工作生活环境，提升区域商业品质，使之成为徐汇创意地产中的地标性建筑。

SVA 优美的环境

享受天然的氧吧

在花园式园区里办公，似乎降低了太多的隐性成本：不用去氧吧、不用自己买花侍弄；累了，可以找个安静的角落仰望天空发发呆；坐了时间长了，可以悠闲地散散步；朋友或客户来访，也不用去园区外增加 GDP。这些看不见的账本，空闲时你也可小市民地算一下。然后，你才会明白为什么选择 SVA 了。

SVA 至今引进了美施威尔（美国）公司、德国毕可加特纳（上海）公司、韩国斗山机床（烟台）有限公司、日立维亚机械（上海）公司、瓦里安国际贸易有限公司。国内企业有招商银行、广电通讯网络有限公司、上海网络通信科技有限公司、广电中央研究院、上海医药临床研究中心、杰一（上海）艺术品有限公司等。

这些入驻的企业，看重的是 SVA 越界是一个集"产业、商业、文化、娱乐"四位一体的产业集聚区，融合了"商务办公／创意产业／商业休闲"三大功能，囊括了产业生活全方位需求，包罗商务餐饮、休闲会馆、时尚酒吧、创意工作室、商务办公、网络游戏、商务酒店、电子零售、品牌连锁店、时尚文化、品牌展示、会议派对等多方面业态，使园区内的产业群产生良性互动效应，形成完整产业价值链，并辐射周边商业制高点，从而实现"知识"转化"财富"的目标。

2010 上海国际创意产业活动周将在 SVA 举行。

2577 创意大院

中国人民解放军 7315 兵工厂旧车间

2577 创意大院前身为中国人民解放军 7315 兵工厂。2577 创意大院的历史最早可追溯到清朝洋务运动时期。据记载，1870 年，李鸿章责成丁日昌等在龙华寺附近购地 80 余亩，筹建龙华火药厂。这是中国最早引进西方技术制造枪炮的兵工厂，其后历经扩建，终成晚清重要的军火生产基地。同时，李鸿章还邀请德国工程师在此地建立了中国第一个工业设计所。解放以后，这里又成为军工企业基地。

兵工厂演变为创意园

昔日兵工厂，今日创意园。经过改造的兵工厂演变成以设计为主体的创意园区。粗重的铸铁巨柱，坚固的整木横梁以及枪炮，如今拆散后变成一件件艺术品；原有的尖顶厂房横梁、德国钢柱、门窗等旧物，现今原封不动地保留着，与现代艺术的绘画、摄影、雕塑等比肩共存，述说着历史，展现着重工业时代和现代文明发展的文脉传承。

2577 创意大院外景

　　2577 创意大院是一个花园式办公群落，集办公、展示、交易、文化等多功能为一体的园区。产业整体定位为新传媒创意产业，辐射广告传媒、广告策划设计、公关会展策划、新媒体产业、艺术设计和创作、设计咨询、艺术及教育培训等产业及现代服务业。设计者圣博华康倡导的 "JOB & LIFE" 的理念，在 2577 创意大院得以体现。

百岁建筑与年轻创意的融合

　　华丽转身的 2577 创意大院开创了上海创意产业园区的两个 "唯一" ——唯一一个花园式创意园区和唯一一个建筑物历史有 "百岁高龄" 的创意园区。大院内以深灰为主色调，辅以具有历史质感的铁锈红，配以四季植物为色彩，突出了历史风貌区域和未来发展相结合、传统工业元素与创意产业特点相结合、自然生态和人文环境相结合的特点。

　　建筑风格上注重传统工业元素与创意产业特点相结合，将现代的建筑理念和材料与传统的徽派建筑风格相融合，在保留历史的积淀的同时充分发挥创意的空间感。目前大院内有各个时期的建筑几十处，反映着不同时期的历史风貌。其中一期有六处、二期有三处历史文物保护项目。

集成服务助价值提升

　　2577 创意大院在整体经营上围绕着资源共享、服务集成、品牌整合的核心理念，制定和整理了一整套完整的经营模式和服务内容。同时，提出了以物理空间、文化空间、媒介空间、制度空间和能量空间组成的五大空间集成服务，对园区及园区入驻企业从环境氛围、品牌传播到政策支持乃至品质增值进行了全方位的服务和推动，使每个企业能够在大院里获得更多的资源整合、价值提升和商品化拓展。

　　创意大院，名副其实地成为创意集聚之大院。

左页图：中国人民解放军 7315 兵工厂旧貌

1933 老场坊

如果你到 1933 老场坊参观，事先并不知道它以前的建筑功能，你是万万也不会想到，这里曾经是每天宰杀 300 头牛、300 头猪、500 头羊、100 头牛犊的工部局宰牲场，同时也是闻名遐迩的著名建筑。

岁月独特的印记

1933 老场坊原为工部局宰牲场，始建于 1933 年，出自英国建筑设计大师巴尔弗斯之手，由当时蜚声沪上的余洪记营造厂建造完成。据说，这样的建筑在全世界也只有三个地方拥有，全都出自巴尔弗斯之手。但是，纽约和伦敦的那两座已不复存在，只有上海的还完好无损地保留着。数年前，上海的一位资深设计师在九龙宾馆参加女儿婚礼时，无意俯视时发现了它。

这一建筑将建筑艺术与生产工艺完美结合，形成外方内圆、高低错落、无梁楼盖、廊道盘旋，宛若迷宫却又次序分明的奇特布局和艺术化

1933 老场坊的内部建筑

工部局宰牲场俯视

1933 老场坊夜景俯视

空间。历经 77 年风雨的洗礼仍风采依旧，被上海市人民政府列为"虹口区历史遗址纪念地"和"上海优秀历史建筑"。

历史与时尚的交汇

2006 年 8 月，经过专家学者的研究和讨论，上海创意产业投资有限公司正式启动 1933 老场坊创意产业集聚区建设。工部局宰牲场按原式样、原材料、原工艺进行修复，同时结合时代需要，在其内部适当位置增加某些功能和元件，使其焕发勃然生机。现在的 1933 已成为集设计、生活方式、求知三大元素为核心的时尚创意设计中心和全国工业旅游示范点。当昔日的工部局宰牲场与今日的时尚创意元素相交汇时，1933 的历史便被延续下来。

◈廊桥空间

廊桥空间是该建筑最具有特质的特征之一，其独具的魅力来自于建筑光影所形成的神秘而富于变化的空间，一度成为沪上摄影师追逐的创作基地。外廊桥空间含有四层外廊和相互连接的 26 座斜桥，在修缮过程中完全恢复了其原有风貌。

◈伞状柱帽

两种形状（八角形和四边形）的伞状柱帽是该建

廊桥空间的建筑特征

保留较好的窗户

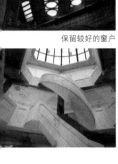

伞状柱帽特色的建筑空间

筑的特色之一，其形状来源于无梁楼盖的结构设计，均匀分布在该建筑方形的外围体量中。八角形伞状柱帽主要分布于建筑外围的西侧，方形伞状柱帽主要分布于建筑外围C区。在修缮设计中完全保留这些柱子。目前这些柱子外装饰材料各异，有粉刷面的、油漆面的、不同年代和尺寸的瓷砖面以及水泥抹面。修缮设计中针对这类柱子的形状和气质，将现有的装饰面全部清理后，按原工艺、原材料做成新的水泥抹面，上下一体，并作为室内公共空间装饰设计的重要元素之一，充分体现该建筑的特有风格。

◈ 建筑门窗保护设计

现存保留较好的外窗均已修缮，已经损毁的外窗均按原式样、原材料制作钢窗重新安装。

闪亮缤纷的秀场

一批国内外知名企业纷纷入驻1933老场坊，其中有吾度视觉艺术设计有限公司、上海乐昂建筑设计有限公司、《雪茄客》杂志、博茂营销咨询（上海）有限公司、尤尼森营销咨询（上海）有限公司、法拉利车主俱乐部、知名美国服饰品牌American appreal等。

自从1933老场坊开园以来，已举办了30多场各种类型的活动。如：2007年上海国际创意产业活动周、《蓝莓之夜》缤纷派对、ZsaZsaZsu时尚聚会、1933法

《蓝莓之夜》缤纷派对

1933 法拉利之夜

ZsaZsaZsu 时尚聚会

左页图：雷达表 50 周年庆

拉利之夜、雷达表 50 周年庆、激扬创意 adidas 狂欢派对、可口可乐"原叶"新品亮相 1933、《时装 L'OFFICIAL HOMMES》创刊派对、2008 年 BMW 亚洲公开赛慈善晚宴、上海四季酒店在呈现一场华美晚宴、保时捷中国创办主题博物馆、奔驰新车发布、雪铁龙举行新车发布会、耐克"战起来"摩天争霸篮球赛决战、国际铂金协会中国成立 10 周年庆典晚会、三宅一生 INTENSE 男士香水上海发布会、巴黎艺术设计展、皇家礼炮九龙山"王者杯"马球赛雪茄晚宴、上海东方卫视"番茄红了" 5 周年庆典、芝华士骑士风范全球首演等。

2007 年上海国际创意产业活动周

动漫街

　　上海宝山区位于上海市北部，东北濒长江，东临黄浦江，南与杨浦、虹口、闸北、普陀4区毗连，西与嘉定区交界，西北隅与江苏省太仓市为邻。宝山民间艺术多姿多彩，民俗文化资源十分丰富，有吹塑版画、龙船表演、灶头画、彩灯、刨花贴画等，分布于区内各镇。

　　历史上，大场是著名的商业重镇。宋、元、明时期已成为商业活动的重要通海口。清咸丰同治年间，大场已成为江南布匹主要集散地。民国初期，昌盛时有商号300余家，尤以饮食业为盛。现如今，大场已是名副其实的经济强镇。

　　与时俱进的宝山，在丰富的文化资源基础上，与创意结缘，于2010年2月，在大场开设了国内动漫一条街。街内动漫科技馆同时开张。

动漫一条街

动漫的体验与竞技

动漫科普主题馆　演绎动漫产业链

随汶水路动漫一条街同时开张的上海乃至全国第一家动漫科普主题馆——上海青少年动漫科普馆，坐落于宝山区大场镇汶水路。展馆在局部的空间里演绎着动漫产业链的所有环节。大场镇将打造成首个中国动漫生活社区，除了动漫科普馆，专业的动漫剧场、开放式动漫主题公园等都将陆续在此兴建。

动漫科普馆以"动漫、生活、体验、科普"为核心，以科普性、趣味性、互动性为特色，设置动漫展示厅、动漫互动体验区、动漫视听区等，不仅展示国内外动画和漫画的优秀作品和形象，更注重体验动漫与科技的联动，如将最先进的网络及手机技术融于其中，包括展现动漫如何与生活相融的场景。

动漫展示厅里，原来只能在电视剧和电影里看到的卡通形象出现在人们的面前，给参观的人群尤其是孩子们带来了欢笑。这里可以看到熟悉的米老鼠和唐老鸭、万能的哆啦A梦等国外动漫可爱形象，同时也能看到中国的黑猫警长、葫芦兄弟、孙悟空等为人们耳熟能详的"正义人物"，更有风靡大江南北的喜羊羊、灰太狼和蓝猫等。

动漫视听区里，可以观看国内外经典动画片。在迷你影院里，人们将享受高科技带来的许多乐趣，同时通过科普馆自主制作的《动画片是如何炼成的》科普短片，洞悉动画片制作的"秘密"，真可谓大开眼界！

互动体验区域里，只要你动手，你就可瞬间成为动漫原创者，体验电脑设计的技巧，享受无纸低碳带来的乐趣；只要你胆子大，你也可以自编自演动画片。

馆内的高科技元素随处可见：大屏幕同步播出科普FLASH，告诉人们动画是如何制作的；大厅的窗户则是"皮影戏小舞台"，天然的光线使皮影在小屏幕上活跃起来；无纸动画的电脑，只要抓起压感笔，在数码板上作画，就能直接在电脑屏幕上画出图像、修改、复制、放大；而手机动漫是采用交互式图形技术制作多媒体动画内容，并通过移动互联网提供下载、播放、转发等功能的一种服务。

动漫一条街　科技并快乐着

2010年2月6日，国内首个集"展示、交流、体验、科普、娱乐"为一体的动漫生活方式体验街区——汶水路动漫街正式开街，并开启了为期一周的"欢乐动漫季"。为期一周的开街盛典为动漫迷准备了各种动漫创意活动。逼真的世界各地场景模拟、品种丰富的免费XBOX游戏、奥飞四驱车大赛等。喜爱画画的孩子还可与父母一起，在涂鸦街上绘上喜欢的图案。

这条充满欢乐和科技元素的动漫街由50个独立商铺组成，总面积约为5,000平方米。著名原创动漫品牌"小狗刀刀"、国内唯一迪士尼授权衍生产品的"酷漫居"、千橡互动等都在此安家落户。

汶水路动漫街今后将每年举办100场以上活动，实体街还将与网上动漫街联动，形成"7×24小时"永不休市的动漫生活体验场所。动漫一条街还将根据季节及活动主题更替变换风格，常保炫动新鲜。

这就是上海宝山打造的"动漫大场"的点睛之笔。目前，大场镇已经在动漫衍生产业的发展上积累了一定的经验，并把动漫产业作为新一轮产业发展的重点。"动漫大场"将充分借鉴日本秋叶原（日本动漫之都）的发展经验，结合宝山的文化底蕴和特色，演绎"动漫是一种生活方式"的时尚全新理念，打造最适合动漫企业成长的产业生态环境。

上海车墩影视基地

上海家庭的很多父母在家里与孩子都不讲上海话了，更谈不上年轻人对旧上海的了解程度。他们所知晓的那些上海故事，多是从其祖父母或外祖父母那些片言只语的唠叨中略知一二的，如上海在 20 世纪 30 年代是冒险家的乐园，上海早先的永安公司就在繁华的南京路上，上海在 20 世纪的 30 年代出了许多大明星，还有租界……当然，通过那些怀旧的电影、电视剧，知道了上海曾经的文化和曾经的辉煌，知道了上海还有黄金荣、杜月笙、阮玲玉等，而能够比较完整地还原旧上海，恐怕目前也就只有车墩影视基地了。

去车墩　让时光倒流

20 世纪 30 年代的上海滩风情多姿，东西方文明的交汇，造就了当年纸醉金迷的传奇。时过境迁，人们依然想探究旧上海十里洋场的繁华。松江区的车墩镇给了我们一个"重回历史"的空间。

这座明显带有 20 世纪 30 年代上海滩风情的乐园，却似乎一直与现代的新上海

汇集旧上海滩要素的车墩影视基地

处于两个时空。石库门与现代建筑，有轨电车和轨道交通，旗袍和比基尼，老爷车和奔驰……

似曾相识的感觉

当你来到这里，也许你有一种似曾相识的感觉，因为你在众多的影视作品中已经感受了这里的风情，如《还珠格格》、《情深深雨蒙蒙》、《闯关东》、《色戒》、《功夫》、《中华英雄》、《新上海滩》等。至今已有近150部、2,000多集影视剧在此重现过上海滩风云。接待过100多个中外影视、广告摄制组，以及张国荣、刘德华、林青霞、郭富城、郑伊健、巩俐、吴倩莲等众多著名影星，受到了国内外同行的青睐。如果你对拍电影感兴趣，想一睹明星风采，那么你只要到车墩任何一个角落，那里都有可能正在拍摄某一部影视作品，还说不定能碰上一个明星"大腕"。

看不见的和看得见的

在这里，你看不到奔驰、宝马等现代名贵小车，却能看到叮叮当当的有轨电车始终穿梭在先施、永安、新新三大公司和老南京路、石库门里弄、外白渡、马勒公寓、尖顶教堂、中世纪酒庄及英、法、德、西班牙、挪威等国风格的欧式建筑间，自顾自地演绎着十里洋场的梦幻，冷不丁有一辆老爷车从你身旁奔驰而过。

在这里，你也看不到类似耸入云中的陆家嘴金茂大厦和什么联体别墅、独体别墅，那些上海租界的各国建筑，却在车墩直接映入你的眼帘，哥特式的、罗马式的等等，还有那地球人都知道的"石库门"。上海老城厢、苏州河驳岸、浙江路钢桥、天主教堂一应俱有。

在这里，你平时看不到的明星人物，却可能被幸运地撞见。那时，你千万不要以为自己在做梦，你可从容地欣赏他或她的工作。当你在观赏影片拍摄过程所带来的视觉冲击的时候，你的思绪也会随之而飘扬，全然不知你和影片中的世界可能时隔遥远，虽然你还沉浸在不期而遇的兴奋中，但你那现代的T恤和牛仔裤，直白地暴露了同一片蓝天下的时空差异。

欧式庭院

上海城隍庙的夜景

车墩述说上海滩上的人和事

车墩的每一幢建筑，每一条马路，每一处装饰，都在向人们述说着上海滩曾经的故事。马勒别墅、上海老城隍庙……等等，都可以向你娓娓道来。

马勒别墅，那是一幢挪威风格建筑。相传，1919 年来上海、以一匹马为赌资参与博彩发迹的英国冒险家马勒，其爱女梦中走进一座宛如安徒生童话中的房子，醒来画在纸上，马勒见了很感兴趣，便以此为蓝本建造了一幢拥有大小 106 间房间的住宅，而且每一间的款式都不同，所以马勒公寓堪称"梦幻公寓"。

上海城隍庙，是明永乐年间（1403 － 1424 年）由金山神庙改建而成。清咸丰、同治年间（1851 － 1874 年），城隍庙香火鼎盛，香火带来庙市。日久天长，节令性的庙市渐渐演变为固定的庙市场：露天流动的小吃摊变成了一个个茶馆、饭庄，供应各色点心、小吃、风味菜肴。上海的一些书画家还在城隍庙内成立了"书画善会"，每年收集名书画家作品，举行画展。城隍庙很快成为中外游客到上海的必游之地。

20 世纪初到 30 年代，城隍庙的发展达到了鼎盛时期。小商品、小吃、茶馆无所不有。那儿的茶馆最多时有 18 家，当年 100 多家商店经营着 1.6 万余种小商品，具有"小、土、特、多"等特点。在庙市场，还有杂耍、独脚戏、西洋镜等娱乐性摊铺。这样，上海城隍庙就逐渐成为上海民间文化、娱乐、购物的场所。

繁华的城隍庙市场催生了一批名闻遐迩的老字号名特商店，她们以卓尔不群的姿态赢得了越来越多海内外人士的青睐。如上海五香豆，源于 1935 年，至今 73 年历史；童涵春堂，源于 1783 年（清乾隆四十八年），至今 225 年历史；王大隆刀剪，源于 1798 年（清嘉庆三年），至今 210 年历史；梨膏堂，源于 1855 年（清咸丰五年），至今 153 年历史；湖心亭茶楼，源于 1855 年（清咸丰五年），至今 153 年历史……

车墩　上海的好莱坞

或许正是因为这份永远行走于历史中的安静，无法容纳乐园的喧闹、激动与嘈杂，车墩逐渐成为影视人心中圆梦的场所，也成为演绎上海滩风情的绝佳空间。目前，车墩影视基地拥有近代上海和明清江南特色景观，设备完善的大小摄影棚，品种齐全的服装、道具和摄制器材，能够为中外影视摄制组提供完美的服务，成为华东地区乃至全国一流的大型电影制作基地。上海车墩影视基地将上海城隍庙、大世界游乐场、冒险乐园，以及卡通天地、四维动感电影、百乐门大街等百来个景点汇集于此。车墩——上海的好莱坞。

堪称"梦幻公寓"的马勒别墅

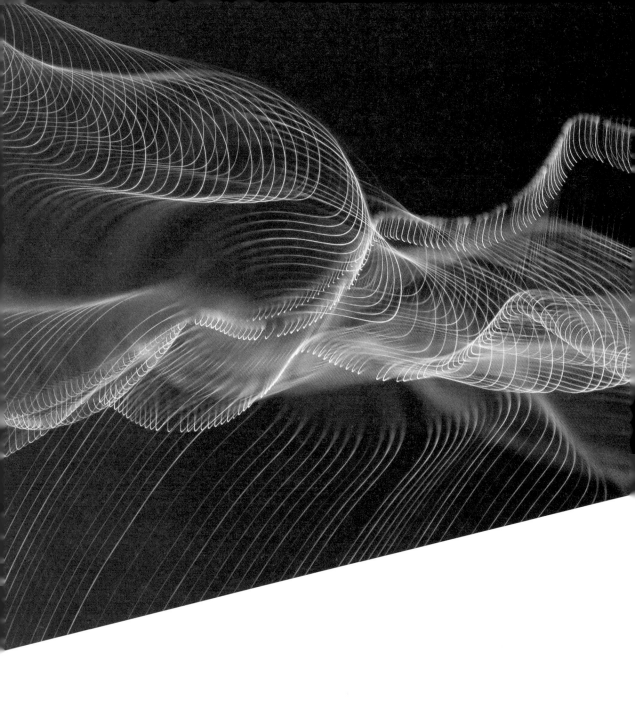

第二篇

创意人物　激情与才思

在上海，无论是创意经济和产业理论研究，还是创意的各种实践，都已积累了相当的经验，并展露出城市因创意而取得的巨大成就。固然，这些成就与国家的经济和环境、城市的建筑和文化、政府的政策和法规、企业的观念和运作都有着必然的联系。但是，活跃于创意领域前端的创意人物，无疑起着不可替代的作用，他们以新的观念和践行，推动着上海向创意都市迈进的脚步，使这座本已魅力的都市充满了勃勃生机。

吴志强

以心之诚规划世博

　　举世瞩目的中国 2010 年上海世博会已经在黄浦江畔绚丽展开。吴志强，同济大学校长助理、同济大学建筑与城市规划学院院长、同济大学设计创意学院院长，自从申博成功以来，他的名字与上海世博会紧密地联系在一起。吴志强，就是上海世博会总规划师。

机会给了有梦想和有准备的人

　　吴志强教授经常说："我赶上了一个好时代，是这个时代造就了我！"

　　1984 年，临近硕士毕业的吴志强参加了上海市城市发展战略青年论文征集比赛，并获得了唯一的最高奖。在颁奖典礼上，时任上海市市长的汪道涵送给吴志强一本《辞海》，并悉心嘱托："你是学规划的，可以关注一些世博会的情况，收集一些资料，为将来上海举办世博会做些工作。"正是这句话，让世博会的种子在吴志强的心中扎下了根。

　　从那以后，无论是在德国深造，还是归国研究，吴志强始终关注世博。报纸、杂志上的相关报道，书籍上的研究内容，都成了他"世博会"文件夹中的内容，并且越积越厚。2004 年 4 月，世博会规划与设计的全球竞标拉开大幕，这是中国与世界专业团队之间第一次大规模的"世博团体赛"。那段日子，吴志强赢得了"吴三点"的雅号。因为他总在凌晨 3 点才能睡觉，干个通宵也是常有的事。吴志强的团队依靠着学科几十年的学术积累和扎扎实实的研究成果，提出 28 根构筑物编织而成的"世界眼"把浦江两岸连成一片，这一规划方案让评审专家惊叹，也使之成为最终入选的三个优秀方案之一。正是这场竞标，真正确立了"同济规划"在国内外的领先地位，让中国 2010 年上海世博会成为了中国规划建筑界的第一次集体亮相。被任命为 2010 年上海世博会园区总规划师的吴志强，也开创了高校教授担任如此大型项目规划总负责人的先河。而那一天，也正是吴志强 44 岁的生日。20 年的坚守，沉淀为精神的沃土，让世博梦想成长发芽。

2,000 多个日日夜夜，为了使世博园区成为城市可持续建设实验与示范的载体，吴志强组织专家联合攻关，多学科交叉协作，取得了大量有价值的成果：通过风模拟技术，实现在室外 2 米左右人工降温 6℃；通过 LED 照明技术，最大程度地减少室外照明的能耗……这些可持续发展的技术手段将会对全世界的可持续发展作出巨大贡献。国际展览局秘书长洛塞泰斯多次对上海世博规划给予高度评价，并亲自推荐吴志强教授为 2012 年韩国丽水世博会规划顾问。

每张图纸的背后是一份社会责任

他说："一张图纸，表面呈现的是技术和形态，但背后彰显的却是社会责任！"

1978 年 7 月，骄阳似火的上海高考考场。当交上最后一门试卷时，一位男生起身提议，大家全体起立，向老师鞠躬敬礼，并主动将考场打扫干净。这则新闻被刊登在当年《文汇报》的头版，那个当年提议在考场上向老师鞠躬的学生就是吴志强。

从小吴志强就怀揣着大学梦，静安寺的新华书店总能见到他的身影，因为去多了，几乎所有的店员都认识了这个好学的孩子，更有好心的店员甚至允许他晚上把书带回家看，等第二天再还给书店。他说："30 年前的那场考试让国家的前途被重新照亮，也改变着我们千千万万人的命运，'为中华之崛起而读书'是我们最真实的内心写照！"

吴志强教授与设计师们在一起（中间为吴志强教授）

1986 年作为中国改革开放后最早的公派留学生之一，吴志强被选入中德两国政府青年科学家交流计划，到德国攻读博士学位。1993 年他出版了全球化研究领域的第一本德文专著《千年纪之交的大都市的全球化》，并提出了"大都市全球化"理论，开创了大都市全球化研究二元论的先河。

1996 年，在德国已经拥有成功事业的他毅然返回祖国，回到母校同济大学担任教师。"10 年大学读书，10 年德国求学，10 年回国从教，改革开放的 30 年影响了我的一生，我理应对国家有所回报。"吴志强是这么说的，也是这么做的。

2008 年 5 月 12 日，举世震惊的汶川大地震发生后，吴志强带头成立的"灾区规划专家组"第一时间奔赴灾区，专家组的成员人数也从最初的 6 人到最多的 80 人，义务为震区开展灾后安置与重建规划。面对不断发生的余震，吴志强和他的团队以顽强的毅力在 8 天内走遍 52 个乡镇，完成了包括 4 个市县共 152 个临时安置点的规划。那一年，吴志强平均一个月就到四川一次，将自己忙碌的身影投射在那片浸满泪水的废墟上。在他的主持下，《都江堰市灾后重建总体规划》一次通过评审，他被住房和城乡建设部授予"抗震救灾先进个人"荣誉称号，他所带领的团队分别被住房和城乡建设部、教育部、上海市授予"抗震救灾先进集体"。在都江堰灾后重建总体规划中，他充分汲取了中华智慧，尊重都江堰山水格局和水利城市特点，根据灌区水流向位和空间肌理，修复水利生态廊道，使之成为城市绿带和避难场所，形成与水脉协调的城乡人居山水格局。

教师的分量最重

他说："在所有的身份中，我最看重的是'教师'，为国家培养设计规划人才，是我一生的事业！"

在筹备世博期间，除了指导研究生，他已连续 5 年指导了 30 名本科生的毕业设计。他对学生是严格的。针对自己培养的研究生，他专门制定了一份长达 5 年的时间表，详细安排了每个研究生的研究进度，并根据进度主动预约学生进行指导。他为研究生制定了 9 条〝人才观〞标准，其中优秀的品格排在最前列。

他注重实践与理论的结合，反对清谈，并且身体力行。多年来，他先后完成了 60 多项国内外重大工程规划设计，其中包括〝俄罗斯圣彼得堡‘波罗的海’明珠规划〞、〝安哥拉首都城市规划设计〞、〝武汉东湖国宾馆规划设计〞、〝汉堡港‘hafencity’改造概念规划设计〞、〝沈阳金廊 cuc 城市设计〞、〝上海浦东世纪大道城市设计〞、〝上海浦东联洋居住区修建性详细规划／引导性规划〞、〝山西平遥旧城保护总体规划〞等较有影响力的作品，并先后获得了两项国际奖，9 项国家省部级规划设计奖。

他给学生提供了难以想象的实践平台和发展空间。在他主持的重大科研课题和工程项目中，都有博士生、研究生甚至本科生参与。他觉得，好的规划、设计背后一定有研究在支撑，让学生参与课题和工程是很累的，一切都要从头教起，但是学生在实践中成长得最快。

他的严格令学生印象深刻，他的关爱更令学生难以忘怀。从 1997 年吴志强带第一个研究生开始，他就用自己的钱为学生设立了〝读书费〞，鼓励学生们好好读书，从当时的每年 600～700 元，到如今的每年 30 余万元，他把自己大部分的收入都花在资助和奖励学生赴国外交流、发表论文、参加公益活动、买书学习上。为了这笔钱，他还曾经拖欠女儿的学费达半年之久。

在由同济大学研究生发起的〝最可爱的老师〞网上评选中，吴志强 4 次入选。学生们亲手制作的各类奖品被他摆放在家中最显眼的位置，那是他最珍贵的奖品。

创意演绎〝和谐城市〞

在世博园区规划中，〝和谐城市〞的理念被一次次生动演绎。令同事们津津乐道的是这样一个故事：那年，当听说上海世博会要大面积保留江南造船厂等老厂房，国际展览局的专家强烈反对，因为在世博历史上从未有过这样的先例。然而，吴志强没有放弃，半年过去了，他把废旧的炼钢车间变成优雅的展厅，雨水经过过滤能直接饮用……获得了新生命的老厂房让国际展览局秘书长洛塞泰斯连声称好，并激动地上前与吴志强紧紧拥抱⋯⋯"江南造船厂以及整个世博园区的老工业建筑不仅仅是上海的遗产，更是咱们中国人现代化的遗产，承载的是中国开拓进取的民族精神，世博会所传递的不仅是某个场馆的某一项具体技术，而是一个整体的理念。"吴志强说。

为了这个"和谐城市"的理念，他尽力减少大拆大建，降低建设成本，延续城市历史。在基地中保留了1.4平方公里住宅区，减少1万户居民拆迁，并保护38万平方米历史建筑，将江南造船厂等25万平方米近现代工业厂房更新为会展场馆和设施。为了这个"和谐城市"的理念，在5.28平方公里的世博园区中尽可能地减少水泥对土地的"封闭"，在场馆中挑高建楼，在步道铺设会"喝水"的地砖，让土地充分呼吸，并大胆创新，设立了城市最佳实践区，集中展示世界上具有公认性、创新性和示范性的城市街区⋯⋯

"世博会之后，世博园还将有另外一次大变身。比如企业馆将成为中国现代博物馆；世博村将成为各个国家领馆在上海的官邸；最佳实践区将成为城市的创新产业园区；世博主题馆将会为上海提供20万平方米的展览面积，承接国际顶级展会。"吴志强说。

"世博会若失去创意就将失去意义，正是人类创新不断地涌现，才让世博会一届一届办下去。"吴志强这样评价文化创意产业在世博会百年传承中的重要性。

停留在世博园区滨江大道的两座高十余米的大吊车，是吴志强最得意的一处风景。他原本设想使用自动控制技术，让这边两台大吊车的手臂可以随着音乐自由挥舞。而在吊车的大吊篮上，制作一个移动的"绿化小院子"，就像是自家的小阳台，铺上了花花草草，放上了摇椅，参观者可以坐在上面喝茶聊天，随着吊车的手臂悬挂半空中，从空中观看浦东、浦西两岸的世博园风景。由于没有足够的时间和考虑到安全等其他因素，这一奇思妙想未能成为现实。但我们现在可以看到的是，原来的特钢车间的一部分，已经变身宝钢大舞台，在上面举办现代的走秀和展览；对岸的江南造船厂，也已成为世博现代中心博物馆，发布最新的动态、研究和发布最新收集的科技成果。"在未来，上海的工业将走向更高的层面，工业厂房将逐渐搬离城市的中心，上海将不再是输出产品，而是输出创意，这是上海的唯一出路。上海的创意产业也将代表中国走到世界的顶端去。"吴志强对上海的未来充满了信心。

蔡国强

农民达芬奇

　　2010 年 5 月 3 日，一位艺术家带着农民发明家和他的"奇思妙想"，以极具特色的《蔡国强·农民达芬奇》展览，登陆全新的上海外滩美术馆，作为该馆首展。这位敢于将农民和达芬奇融于一体的是上世纪 80 年代中期开始使用火药创作作品的艺术家，是近几年在国际艺坛上最受瞩目的中国人之一。他曾担任 2001 年上海 APEC 会议焰火表演的总设计、2008 年北京奥运会开闭幕式的核心创意成员及视觉特效艺术总设计、2009 年中国国庆 60 周年焰火表演总导演。他的艺术创作对西方艺术界产生了巨大冲击力，西方媒体称之为"蔡国强旋风"。北京奥运会那惊天夺目的 29 个大脚印让国人真正认识了蔡国强，而对于蔡国强来说，他对艺术的理解和诠释远不止是火药，只不过火药是他最钟爱的。

草根铸就的艺术

　　著名画家陈丹青说"在我所知道（而且佩服）的中国同行中，蔡国强可能是唯一一位自外于西方艺术庞大知识体系的当代艺术家。"这从蔡国强的人生足迹中依稀可以找到一些解释，从家乡泉州到大学读书的城市上海，大学毕业后远走日本，最后在纽约将自己对艺术的领悟发展到极致。蔡国强在谈到自己经历的时候说，上海比较个人主义，跟国家政治和以改变国家命运为目的的艺术文化工程保持一定距离，艺术比较多样化，注重形式，像当年的"海派"艺术。后来从日本到美国，比较一贯性的东西就是个人主义，对集体主义的创作方法和意识形态比较偏离。

在蔡国强的身上，既传承了中国文化的"草根天性"，又敢于深入东西方文化的冲突中，在破与立中不断开拓创新。蔡国强自己也说："我本身就是一个矛盾，中国文化教给我承认矛盾，而不是解决矛盾。做好这个矛盾，需要一个包容态度，这种包容需要一定的牺牲精神。"蔡国强做到了这一点，也琢磨透了这一点。"他做的东西看起来很'杂'，但都根植于东方传统文化之上。他对事物的感受能力很强，就像一块干净的海绵，能够一下子把周围环境所赋予的讯息全部吸进去，然后在创作时全部释放出来，之后他又会成为一块干净的海绵，去吸收新的东西。"这是同为画家的妻子对他的评价。正是因为蔡国强在不同文化环境学习和思考，而且恰当地找到了中西文化的契合点，让这契合点擦出了独特的火花，这火花自由而恒久，并且让中西方艺术界对其产生了敬畏感。

艺术是好玩的

蔡国强认为，中国有很多令人感动的题材，每一个故事说出来都会让人热泪盈眶。但当这些故事成了小说，似乎都无法成为世界名著。因为作家在写作本身下的功夫还不够。画家也是，把中国每个时代的历史事件都画出来了，但是这些东西画了几十年，艺术成就似乎不及抗战时期木刻家的作品。

他说，看到太多当代艺术家与策展人，谈了太多太多艺术的理念以及创作的企图动机，但说的是一套，做出来的东西却无法与说的那伟大的道理相映。"我想说的是，艺术不要光谈这么多伟大的理想，艺术要回到'活'本身，要把艺术的'活'干好，你要衷心认为艺术是好玩的，才会认真做好。"

但从另一个角度来看，蔡国强的每一项思考中，总带有一点幽默与疏离的哲学意味。比较可惜的是，在那阳刚、庞大与历史的对话的艺术计划中，那份幽默与活泼，也就是在严肃中出现轻快节奏的美妙，却常被很多艺术家忽视。

一个艺术家在成长过程中需要不断寻找自己,尝试改变自己的风格和学会借鉴,艺术家应该学会处处做自己的生活中的小玩意,处处都流淌着感动的情怀。

学生时代就很另类

蔡国强是 1981 年进上海戏剧学院舞台美术专业的,学习做舞美设计方案,不仅要想方案,而且要动手实施方案,4 年上戏积累的创意和动手能力,为蔡国强之后进行火药绘画、装置艺术等现代艺术的创作打下了坚实基础。蔡国强说,用国际上时髦的说法,搞方案其实就是做创意。"美术学院的学生,往往注重绘画技巧,对着石膏像苦练基本功,而很少去想'招'。舞美系学生,不仅根据剧本来想'招',而且能自己动手做装置,把方案展现在舞台上。"校友回忆起当年一起学习的时光,称蔡国强是一个很"疯"的学生。蔡国强表示自己从小就有一颗当艺术家的心,在上戏读书时这种想法愈发膨胀开来,而同时他觉得现在的学生都"太乖了"。

学生时代的蔡国强,不满足于用笔画,一会把油彩和稀了,用电扇在画布上吹出绘画"肌理";一会又用火来烤画布,观察油画被火烤过后的艺术效果。到了快毕业时,蔡国强找到了"秘密武器"——火药,他尝试着用火药在宣纸上爆破,留下图案。之后的很多年,蔡国强都是以"火药艺术家"闻名于世的。回想当年胡乱摸索的经历,蔡国强说:"现代艺术一定要有'招',一定要敢'乱搞',不发明独特的一招,艺术家就很难脱颖而出。"

蔡国强认为艺术就需要别出心裁、敢于突破,而各种与众不同的想法在学生时代表现得最为极端,这是十分必要的。"我们会尝试用各种方式表达想法,比如在用风来传达思想和情感。"蔡国强回忆道,"当时脑袋里常会蹦出很多奇怪的想法,而不是安分于传统的做法。"

蔡国强也笑称自己是当代艺术家中的一个"捣蛋者"。"我的个性比较叛逆,不愿意把东西做死做僵,喜欢自由自在的状态。当然也可以从哲学上说,不一定以不变应万变,也可从万变中寻求不变。所以人家找我做作品,都不知道我将会做出什么来,一会儿来个船,一会儿来个飞机……"

时间、空间不同,艺术的呈现方式也不同,这正是戏剧教育带给蔡国强的启迪。

进入美国航空基地搞艺术，他用飞机作画：让两架二战时的飞机在空中喷雾画出"山水"，另外 4 架画出"瀑布"和"流水"；到了埃及，他让孩子们在沙滩上画风筝，孩子们大多画上了母亲的人像，当风筝在空中飞扬时，他们那些结婚后不能再出家门的母亲们，透过院子的天井，看到了飞舞着的、画着自己人像的风筝。

对艺术创作始终坚持自由的状态，拒绝束缚和框架的拘束。所以，我们在欣赏蔡国强的作品时，不能仅仅局限于作品本身，作者表达的感情是这样，你完全可以想象成另一样。说到蔡国强的作品，小到在戏剧学院的学生作品——《西厢记》舞台设计模型，大到 APEC 景观焰火表演设计、北京奥运会焰火总设计等。蔡国强认为，时间性、情节性、戏剧性是他作品最大的特点，时间性又是他最看重的，"时间性对空间装置最重要"。

几十年来，不断想"招"，他永远在突破自己，执著地找到更多好玩的东西，喜欢尝试新，同时让更多的人参与到自己的作品中。蔡国强将现代艺术做得十分开放和包容。他说，现代艺术，如同一座美丽的桥，他希望观众走过桥来，走进他的艺术的彼岸；然而，观众却常常在桥上流连忘返，不再往前走了。"其实，那些漂亮的装置艺术背后，都蕴含着我的悲剧思想，寻觅着世界的出路。可惜，很少有人能理解。"

"随着年纪的增长，愈来愈了解政治、社会、人生、艺术等事物的复杂，但是这种了解并不会使我的创作复杂化，反而会让创作更简单，这是我要的。"

他使中国护照赢得尊重

蔡国强是一个会让你产生深入了解愿望的一个人。他保有童心，自己也常说"我是一个好玩的人"，各种奇思妙想层出不穷，大胆中不失谨慎。他信风水，"风水这件事并不迷信"。他说过，一个人若选择相信风水，那么在相信风水的同时，等于他选择相信有一个看不见的世界的存在。他会挑剔酒店的房间，他每次搭飞机前，总会在机场的停机坪看一下，主要看飞机上头有没有破洞；在纽约生活 15 年的他，不习惯咖啡，也不会英语，却又坚持住在纽约。"每个人在生活上特别在意的一些事物，构成了人面对生活的、属于自己的特殊的小小仪式，甚至成为某种风格。"蔡国强以为这些在意的东西就是人所建立的个人系统。

蔡国强对很多事情都感兴趣，做展览的时候总希望不要只吸引那些来自艺术界的观众，总希望多一些跨界的乐趣。然而，他平时的生活却十分规律，会固定阅读几本杂志，包括《国家地理杂志》日本版、《亚洲周刊》中文版。

　　这些年蔡国强往返于世界各国，总是因为护照的原因而遇到各种麻烦，但被问起为什么不换护照时，蔡国强这样回答："还没有一个理由足够让我换护照。现在中国成为旅游大国了，我的情况也有变化，有时候我去大使馆办签证，大使或参赞还出来见我一下。我大女儿小时候跟我乱跑，到处受阻，很生气。我对她说，很简单，当你不断面对挫折，有两个选择，一是换一本护照，二是经过个人的努力，使这本护照赢得尊重。"显然他更欣赏后一种做法并且身体力行。

　　蔡国强说，只有越来越多的中国个人变得强大，变得不容忽视，我们才能更好地为祖国作更多的贡献。想要赢得尊重和礼遇，就需要我们每一个人站出来都是个角儿。在强大的国家力量背后，我们决不能忽视的是个体的力量。

　　泉州，他的家乡，小时候最喜欢放鞭炮，在泉州小巷里追逐着爆响和火光，如今他把火药爆破到世界各地。上海，他在这里读大学四年，找到了作画的秘密武器，执着地坚持着。东京，他在这里留学，找到了脱离东西方比较的框框，用最大的视野来思考人类和艺术的问题。纽约，他在这里实现着自己每一个创作，一次又一次地震惊世界，感动世人。

黄瀚泓

"新上海人"的创意传奇

2010年初夏的一天，位于香港太古城中心的云峰画苑嘉宾云集，一场主题为"沪港紧密携手合作振兴文化创意产业培育中华经济发展新亮点"的演讲会正在其间举行。

演讲会开始，只见一位风度儒雅的中年男子在人们的注目中走上台。台下有知情人知晓他是本地人，而此次演讲会又在港岛举行，于是建议他不妨用粤语演讲。他却微微一笑，胸有成竹地说，现在香港人的普通话水平越来越高，我还是用普通话讲吧。

这位演讲者就是黄瀚泓。作为一个土生土长的香港人，黄瀚泓之所以能自信地用普通话在故乡的土地上演讲，还缘于他的另一个身份——"新上海人"。

这是一段不同寻常的经历。随着沪港两地创意产业的交流与合作日益密切，上海市创意产业协会派出了由孙福良常务副会长领衔的访港代表团，而黄瀚泓正是访问团中的一员。"新上海人"以这样一个独特的机缘，重返自己出发的地方，难怪有人将其称之为"荣归"。

黄瀚泓——一位富有传奇色彩的"老香港、新上海"，向我们透露的是怎样的时代信息？

上海创意产业永远值得铭记的时刻

2010年寒冬时节，正在上海考察工作的中共中央总书记、国家主席、中央军委主席胡锦涛来到了卢湾区建国中路的8号桥创意园区。这是国家最高领导人亲临创意园区考察，顿时给创意产业界引来阵阵暖流。

新闻媒体这样记录了总书记在8号桥时的情景：

位于卢湾区繁华地段的原上海汽车制动器公司一片闲置厂房经过6年多开发，建成了闻名上海的"8号桥"创意园区。有关负责同志向前来考察的胡锦涛介绍，目前已有境内外71家企业入驻园区，涉及建筑及室内设计、服装设计、广告、咨询、影视制作等行业。走在园区里，一件件造型时尚的生活用品，一幅幅灵感四溢的艺术创作，一个个风格新锐的设计方案，吸引了总书记的目光。胡锦涛走进一家英国设计公司的工作室，同公司员工交谈起来，了解这家公司在园区创业的感受和业务发展的情况。总书记对当地负责同志说，创意产业蕴藏着巨大发展潜力。要进一步做好园区规划，不断完善服务体系，努力营造创新氛围，真正把创意产业培育成上海经济发展的新亮点。

留下总书记足迹的8号桥，在香港创意产业界知名度骤然提升，而港人不无欣喜地发现，他们的老乡黄瀚泓正是8号桥创意园区的打造者。

走进"东方之珠"的香港，上海的印记清晰可见。1949年前后，许多上海人移居到香港，他们中的相当一部分人成为日后推动香港经济腾飞，并跻身亚洲"四小龙"行列的中坚力量。

20世纪70年代末中国大陆开始了波澜壮阔的改革开放进程，香港又最早最深地投入到这一洪流中，上海亦从中受益匪浅。沪港之间的双城故事，在各个时代皆以不同的节拍演绎着。

20世纪80年代初毕业于香港中文大学的黄瀚泓，正是在双城互动的热潮中来到上海，如今已十多个年头。

"我人生的第一个22年在读书，第二个22年在打工，当第三个22年来临时，我要打造自己的集团。"

黄瀚泓的宏伟人生规划，都与上海密不可分。因此，对于上海，他早已不是一个步履匆匆的过客，而是一位与这座城市深深结缘的人。

从香江畔走来的他，究竟给上海带来了什么？

新天地——上海之梦的驿站

如今已成为上海时尚地标的新天地，是黄瀚泓上海之梦的首个重要驿站。当时的他，出任新天地项目总经理。

如果没有新天地，人们可能难以想象，已经逐渐退出上海人生活的石库门建筑能迅速变身为上海城市时尚中最具有标志性的符号。

新天地这片石库门建筑群的外表保留了当年的砖墙、屋瓦、大门，仿佛时光倒流，令人如同置身于 20 世纪 20 年代。但是，每座建筑内部，又注入了大量的国际时尚元素与现代生活方式。新天地现今已成为中外游客领略上海历史文化和现代生活形态的最佳去处，也是追求文化品位的本地市民与外籍人士的聚会场所。

新天地的成功，与其说是为上海捧出一个吸引眼球的好去处，不如说它开始引发人们的一种思考，那就是怎样看待这座城市中的"旧"与"新"。"旧"的东西是否就必然在城市的变迁中失去了价值？消失，是否一定是"旧"不可改变的宿命？"旧"与"新"是否在现代城市中构成天然的对立？

黄瀚泓等一批香港人，通过新天地项目，在这些问题的解读上提供了一个全新的视角。

正当新天地名气越来越大时，黄瀚泓也开启了他新的人生规划——打造自己的集团。

新天地在卢湾，因此当黄瀚泓着手打造自己的集团时，他也希望自己未来的办公地点能放置在卢湾区。

这一回，黄瀚泓又给了人们一个惊奇，他看中的梦想之地竟然是卢湾一处极不起眼的老厂房。

新天地北里广场

8号桥——上海之梦的标杆

黄瀚泓打造的团队名叫时尚生活中心集团有限公司。乍一听此名，有人不禁疑惑，时尚生活中心是不是一本时尚杂志？其实，黄瀚泓的抱负决不仅是将时尚体现在一本杂志里，而是以整个城市为载体，去引导和畅想一种时尚生活之韵律。

如此之大的时尚梦想，为何却选择了一处斑驳陈旧的老厂房？

在这处老厂房，黄瀚泓和他的团队再次演绎了从灰头土脸到闪亮光鲜的变身神话。老厂房，成为继石库门之后建构这座城市新貌的又一典型元素。

8号桥运用时尚的设计和模式改造，使保留的旧厂房成为现代城市景观的新景象，也促进了设计创意产业链形成。在建筑形态上，黄瀚泓和他的团队采用了后工业文明与新时尚的简洁设计，巧妙地运用"桥"的概念，每一座办公楼都有天桥相连，而内涵上，它是连接国内外各创意咨询专业服务团队的沟通之桥。他发展了"时尚创意孵化器"的理念，为历史建筑的留存注入文化、时尚、创意的元素，集中体现了建筑价值、历史价值、艺术价值和经济价值，承接了城市历史与未来。如今，8号桥90%是创意公司，10%是休闲设施，聚集了一批中外创意产业的领军企业，成为国际化生态型创意园区。

8号桥的诞生，恰逢其时。2004年之后，创意产业开始在上海风生水起，8号桥水到渠成地成为上海首批由市经委挂牌的创意园区中的一个。今天，人们提到上海众多创意产业园区，8号桥是不可忽略的经典之一。

论创意，8号桥不仅体现在其外部形态，更表现于它的建设理念——"头脑产业的集聚"。头脑产业集聚在城市中遗存下来的老厂房，这似乎从里到外都为上海创意产业寻找到了一种生动的注释。

随着8号桥的成长，黄瀚泓越来越有了一份深入的创意园区之"悟"：创意型企业很多都是中小企业，而它们要集聚到一起才会有规模效应，创意园区本身就是一条结构独特而精密的创意产业链。在故乡香港举行的演讲会上，当黄瀚泓将自己打造8号桥的经历娓娓道来时，人们仿佛真切地看到了一座连接起沪港双城的创意产业之桥。

8 号桥夜景

水都南岸——上海之梦的延续

上海最为时尚的卢湾区，有三张引以为豪的新名片：百年淮海路、新天地、8号桥，后两项都与黄瀚泓息息相关。

在贡献了新天地、8号桥两张城市名片后，黄瀚泓及其团队又将目光瞄准了素有江南水乡之誉的青浦朱家角，一座"水都南岸"正逐渐浮出水面。

与新天地、8号桥不同，水都南岸的定位是主题式的国际创意 SOHO 新市镇，依托朱家角古镇水乡的自然景观，吸收新城市主义人性化设计理念与田园主义的自然生态理念，打造生产型与消费型为一体的完整产业链，成为中小企业的创业基地，同时集聚国际化的生活艺术产品及消费体验。水都南岸骨子里有着朱家角江南水乡的气韵与内涵，但设计与建造，则按照 21 世纪现代都市人的生活方式、生活节奏、

依水而立的水都南岸美景

情感取向度身定做，成为创意工作室、教育培训中心、国际画廊、时装店、主题餐馆、咖啡酒吧、创意集市等低密度国际创意社区。

显然，这是规模远超过新天地、8号桥的大手笔。水都南岸，或许正是黄瀚泓前两个梦想的集聚——消费性服务业与生产性服务业集聚，商业、旅游、文化集聚。同时，它又必然是一种超越。水都南岸提供的创意生活不仅是新颖的建筑形态、精致的餐饮、多彩的娱乐，还有创意培训、文艺演出、创意市集。它生产创意、消费创意，它集聚创意，还要再生创意，循环往复，生生不息。

对于水都南岸，黄瀚泓相信远离上海喧闹市区的这一创意项目，将同样成为上海未来的一张城市名片。

黄瀚泓的传奇注定还要继续，无论他是作为"老香港"还是"新上海"。

罗小未

新天地设计的创意元素

都知道上海有个新天地，但上海新天地的创意设计得以实现并非一帆风顺。当时上海建筑学术界对之褒贬不一，只有少数人表示支持，罗小未教授是其一。

罗小未，是同济大学建筑之路上的这样一位教授，她从事外国建筑史教学58年；她在条件极差的情况下努力编撰成册的教材，解决全国很多高校西方建筑史教学燃眉之急；她在"文革"期间仍然坚持对建筑学的热爱；她在美国留学的一年中访问了14所大学和34个建筑师事务所，接触了40多位建筑方面的教授、专家，并作了十余个关于中国历史与当代建筑文化的学术报告；她为同济大学带回了3,000多张建筑图片和大量资料；她让国外的学生感叹中国丰富灿烂的建筑文化，是中国西方建筑史教学领域的一名"洋门女将"——罗小未。

罗教授对建筑有着许多独特的见解。"玻璃幕墙有利有弊"，这是20世纪80年代初她的观点。"城市历史文脉是城市的记忆，城市居民精神的安慰，寄托，发展的动力"，"上海是一个包容性极强的城市，中西文化在此的碰撞会爆发出绚丽的火花"，这是新天地改造时罗小未的观点；"建筑历史是建筑文化史、建筑思想史"，这是罗小未在《外国近现代建筑史》（增补版）前言中的话。"跨文化视野对于西方建筑史教学尤为重要。在宽阔的视野基础上才有宽阔的思想，而宽阔的思想是西方建筑史教学的必要准备",这是在第二届世界建筑史教学与研究国际研讨会上她的发言……

杰出的贡献为罗教授赢得了很高的社会评价：多次荣获全国和上海市三八红旗手称号、荣获第二届中国建筑学会颁发的"建筑教育特别奖"、荣获全国建筑学学科专业指导委员会颁发的"建筑历史与理论及建筑教育杰出贡献奖"，还被美国建筑师学会授予荣誉院士，最近又获"建国60年上海百位杰出女教师"光荣称号……

罗教授的一生与建筑结下了不解之缘，这不在于她设计了多少令人佩服的建筑，而在于她是建筑知识的传播者，培育出优秀的建筑师，将中国的建筑事业不断发扬光大。

邵隆图
挖掘石库门价值的创意狂人

走进中国 2010 年上海世博会吉祥物"海宝"修改设计团队负责人、"创意狂人"邵隆图的办公室，或者说是书房，他的创意故事俯拾皆是。一个贴着不起眼的 yesterday（昨天）标签的小房间，放满了各类媒体采访材料和获奖证书。他说这些都是曾经，曾经的荣誉，曾经的访问……而这些辉煌和荣耀并没有被主人摆在显眼的地方，而是安静地放在不起眼的小房间里，似乎等着新成员加入。把自己的成果锁在这个不起眼的空间，本身就是一个清醒的创意。

"创意狂人"的创意故事

"创新 ＝ 创意 ＋ 执行 ＋ 推广"，是邵隆图的一个创意公式。创意需要执行和推广，少其中一个就不能构成创新。光有灵光一闪的想法是不够，更重要的是执行出来，紧接着是后续的推广工作。"MADE IN CHINA ＆ IDEA IN CHINA"的概念，邵隆图用两个一样得标签标注不一样的英文字母来区别。同样是标签，但是不一样的表述就有本质的差别：到底是动手还是动脑，制造还是创造？这个创意在十几年前就做过，但在那个年代并不为人所关注，直到近年来政府才开始重视起创造力问题，

这个以创造力思考为题材的平面设计又出现在我们面前。

好的创意应该是什么样的？在邵隆图看来，好的创意是常识性的问题，而不是知识性的问题。我们现在搞了半天都讲专业知识，搞到最后都没弄懂。邵隆图就是运用了"常识"将一个年利润微薄的小酒厂变成了一个老酒业界的神话。上海石库门到处可见，上海60%的人出生在石库门，但是没有人想到把这个常见的东西变成一种品牌符号注入到酒上去。当时金枫酒厂一年的税利只有几百万元，现在这个酒厂的年税利达到4亿元左右，已经不可同日而语。创意给企业带来的不仅仅是价格的提升，更重要的是赋予了品牌附加值，并让这个品牌持续发挥它的价值。

光明牛奶的"好牛好奶"创意方案则是建立在光明牛奶的底子比较好基础上的。将鲜奶的概念进行提升，做一个"特别有性格的牛"，把它和其他的牛区别开，给它好的环境、好的条件育"好牛"产"好奶"，这样品牌的质量和口碑也就上去了。他说创意的思维方式一般是有一点逆向思维的，一些习惯的、大家都这么想的时候，他可能不这么想。而且多数人在自己的行业中做的时间长了，经常会出现"近亲弱智"的现象，思维方式就被这些约束了。为此，邵隆图很庆幸遇到不少有创造力、有认同感、尊重知识的合作者。

谈及中国创意人才较缺乏，他认为中国的小孩子从小与家长沟通机会比较少，爸爸妈妈不许小孩插嘴，到了学校老师单向传播，企业里总监老板不让你说话。一个人从小缺乏演讲课训练，不会演讲不会表达沟通，缺乏自信和对信息捕捉的敏感度，而信息正是创意的来源。现在世界不缺乏创意，而是缺乏高敏感度的人才和能发现这些人才的伯乐。

具备创造力并不是一件容易的事。邵隆图说他的助手去了美国谷歌总公司，看见他们那里的创新氛围很好。他们生性放松，但做出来的却是很精致的东西，因为他们是有方向的，而不仅仅是每天在轻松地玩，创造性的工作都是举重若轻的。很多想法就是不经意出来的，邵隆图在旅游的时候看见一首诗很喜欢，就拍下来回来叫朋友写出来装裱在办公室里。后来有家韩国企业在上海推广韩国的山楂酒，但是中国人是看不懂韩文的，而且山楂在中国人的观念里不珍贵，如果叫"山楂酒"就给人感觉价格便宜。在办公室谈论怎么取中国名的时候，他看见了那首诗就灵机一动用诗里的谐音给它起了中文名，把山楂模糊掉，并且诗意的名字有效地提升山楂酒的文化品位，商家和消费者都很喜欢。

关注人性而不关注产品本身是邵隆图的创意理念，产品是给人使用的，只有清楚认识人的需要才能运用产品做出好的创意。

创意产业离我们有多远？

都说创意产业是金融危机中的一抹绿色，创意对于经济有刺激作用。邵隆图也指出目前我们国家创意和经济还没有完全融合在一起，还是两条腿走路。创意产业不光是解决硬件的问题，我们的制造力很强，我们制造了世界上最多的产品。但是很多问题被掩盖了，如质量、创新、品牌……今天很多的老牌，都曾经是昔日的时尚。为什么老品牌会慢慢老去，就是不懂得创新，老的东西要不断更新，旧的元素需要新的关系去维持，维持需要不断地深入挖掘，维护一个老牌子比开发一个新牌子难。

我们国家大，不像西欧的小国那样可以一直深挖下去。上海卢湾区创意产业发展得比较好，因为它地方小，有挖掘的需求。不同的地区要有不同的政策，卢湾区很多的旧厂房和建筑置换出来变成创意园区，8号桥、田子坊等都改造得不错。新天地也是一个很好的案例，外国人看了很中国，中国人看了很外国，年轻人看了很时尚，老年人看了很怀旧，那就是很好的创意了。

创新需要环境，要有一个能够容忍创新的环境，要有很闲适的心情去提炼它，琢磨它。每个品牌背后都有创意，都有故事，这些都是文化的东西。创意的核心就是要编故事，这个故事要圆得过来，要用文字语言和图画去描述。没有这种描述能力和方法，就不能够形成品牌。创意到最后，就是通过视觉的东西表现在品牌上，实现其价值。

邵隆图曾说过中国创意产业"任重道远"。现在根本不缺少千里马，是缺少伯乐，没有人去选择和决策是大问题。中国创意产业最缺的是"伯乐行业"，发掘千里马。很多年轻人的创造力没有机会展示，他们被大工业规模化生产的隆隆机械声淹没了。现在有些小的个性的创意产业也是不成气候的，有些人开个小店卖些包卖些衣服，

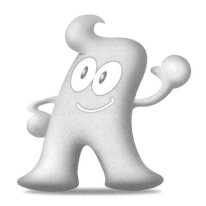

这都不是创意产业。创意有了产业，产业化和市场化是我们最缺乏的，创意不是一个 idea 问题，而是一个产业问题，所以重要的是怎么产业化和市场化，这两个东西不解决，创意永远是个体劳动。创意产业一定要走市场化道路，没有市场创意只能是个人的异想天开，不能成为创意产业。这里面有很多成本的问题，材料工艺的问题，它受到很多限制。创意产业是无穷无尽，后面还要有法律保护。"所谓专利，就是把利润的燃料投入天才的火焰当中"。可问题是，谁愿意把利润的燃料投入天才的火焰中呢？现在创意产业还是比较多的偏重硬件，比如硬件的改造都是房地产商的事情。谁进入创意园区呢，在里面干什么呢，这个创意的环境有没有？不要考虑这个东西的本身，而应该考虑所处的环境。没有环境再好的种子也会死掉，发展不出来。

邵隆图的团队做海宝，有人问他海宝好还是福娃好，他认为没有好坏，只有差异，北京文化和上海文化的差异。北京多子多孙，上海优生优育。但是无论如何海宝的传播成本比福娃低，传播很重要的一方面就是过滤信息，如果不能过滤其他信息，就会被淹没。差异化，个性化也是创意产业要关注的问题。

畅谈世博创意城市

邵隆图曾说过后世博时代才是真正的挑战，问及作为海宝设计修改团队的负责人，对海宝有什么人生规划？他认为吉祥物海宝是要成为世博的载体，通过海宝用一种快乐的姿态将世博的理念传播给普通大众。世博有 LOGO，但是 LOGO 是静态的，还需要动态性的吉祥物去贯串其中，人们通过这个东西就得到认知。像通过米老鼠就知道迪士尼，通过阿童木就知道卡西欧……但是海宝不是像迪士尼那样有影视、出版物、主题公园、衍生产品这四个部分支撑着，所以海宝的使命也将在世博结束后告一段落，这里面是行销的问题，也就是执行，没有行销就没有创意产业。海宝并没有由专业公司专门执行运营，更多的是政府运作，世博结束，海宝的运营也将结束。代表环保和绿色的爱知世博会的森林小子和森林爷爷前瞻性比较大，可以在未来继续为人们所用。

邵隆图说海宝的概念就是快乐，一个"人"字，追求快乐是全世界人类的永恒趋势。上海市委书记俞正声说世博会有两大目的：一个是平安，一个是快乐。邵隆图说他很开心，因为这里面提到了快乐，其实世博会就是一个嘉年华。在不久的将来会有 70% 的人进入城市生活，从农村进入城市，高度城市化是未来的大趋势。城市一定要让人的生活更美好，这就是做海宝的意义，如果以后有人问，现代中国是什么时候提出要尊重人的价值的？可能 2010 年上海世博会就是第一次公开提出来，因为政府对海宝的"人"字结构是赞同的，最简单的一个汉字。如果世博会能够让全世界的人都学会了一个汉字"人"，那也就是最大的创意了。

要让占世界人口 70% 的城市人生活更加美好，工作是做不完的。在邵隆图的理解中，城市其实是最不快乐的，千百万人聚集在一起，人的物理距离很近，但是心理距离却相隔很远，因为人与人的交际越来越少。现代城市使人的生活更美好，不是指物理意义的，而是心理距离要拉近，让人与人之间感到亲密，平和，友爱。现代人喜欢用电话，电话就把人距离拉开了。给父母打电话互相问候，即使有很多苦恼也没办法说，人的孤独却很难解脱。过去没有电话每星期就回家见见父母，因为说不定哪天就不在了，现在打电话问问就算了。一些高科技使人越来越遥远，越来越虚拟。我们要做很多去弥补它，人最重要就是沟通。城市其实有很多弊病，这些弊病需要我们一起去克服它。

全球创意城市的建设在如火如荼地进行，上海要区别于其他城市就要慢下来。邵隆图说先要慢下来，现在一切都太快了。文化是慢慢闲出来的，技术是忙出来的。我们的唐诗宋词元曲明清小说，通通是闲的时候出来的东西，心情闲适才有文化。创意产业当然需要文化支持，文化需要自觉性、认同感、归属感，是一个民族的身份证。现在都以讲英文为荣，不会讲汉语倒没关系了，这样怎么能产生归属感！文化是要自觉的，软的肯定比硬的厉害。核心问题还是关爱，要有和谐心态。

2010 年将呈现一个很快乐的城市，充满激情不断创新的上海。邵隆图这样描述上海：她是东方的也是西方的，是中国的也是国际的，是传统的也是时尚的，是我们熟悉的也是新鲜的，这就是上海。上海就是"上善若水，海纳百川"，最好的形态就是水，没有固定形态。上海就像水一样，是向前走的，汇聚成了江海。不是上海人聪明精明，而是聪明精明的人汇聚到上海。水是随遇而安的，涓涓细流滴水穿石。"上善若水，海纳百川"，是上海最好的写照。

吴振伟

艺术，让城市更美好

　　每一个到上海的人一定不会错过黄浦江沿岸的风景，尤其是夜色下的黄浦江，沿岸景观灯光的流光溢彩与粼粼的江面交相辉映，这个画面深深地印入人们的脑海，就像一张永不褪色的照片，终身难忘。夜景，黄浦江的魅力所在，是上海城市形象的重要标志。在上海迎接 2010 年世博会的城市改造及建设中，黄浦江沿岸的景观灯光设计工作和建设工程由上海众意艺术设计装饰工程有限公司承接。她是怎样的一个公司，能够在众多实力雄厚的企业中脱颖而出？是怎样的实力，使她能够在城市建设中承担如此重大的使命？又是怎样的人物，领导着这样的企业，甚至引导着城市的审美？

　　众意艺术，是吴振伟领导下的一个城市景观设计师的专业团队，也是传播和打造城市文化的团队，她把最好的创意与城市文化、民族文化相融合，为大众创造兼具功能价值、美学价值、文化价值、社会价值和服务价值的城市景观，从视觉中透视出一个城市的文化底蕴。

艺术家的气质与情怀　企业家的头脑与眼光

　　吴振伟从早年求学，到后来经营并发展自己的事业，一直都同艺术有着不解之

黄浦江两岸的璀璨灯光

缘。他先后在上海师范大学、厦门大学攻读美术和油画，也曾在大型国有企业里担任美工。这些经历使他形成了对艺术、美学的执著追求和独到见解。他还曾在华东师范大学攻读心理学，在清华大学进行 EMBA 深造，不断追求着艺术的真谛以及团队管理的要旨。吴振伟能够有如此先进的经营理念和敏锐的市场观察力于此不无关系，当然更重要的是吴振伟多年来在竞争激烈的市场中努力打拼积累下来的丰富经验和对此的提炼，以及一直不忘提高艺术内涵养和美学修养。

　　艺术界难得有如此的先进市场理念和经营头脑的人，而企业界也鲜见有如此的艺术情怀和美学造诣的人，吴振伟正是这样的一个结合体：兼具了艺术家的气质与情怀和企业家的头脑与眼光。他将自身的艺术修养融入到市场环境中去，融入到城市的景观中去，融入到人们的生活中去。他所经营的事业——城市景观设计，不是简单的行商和对城市景观的修补，而是怀着强烈的社会责任，抱着"城市之美属于大众"的情怀，旨在为大众打造真正美丽和谐的城市景观，并让大众都能够在这种文化氛围的熏陶中加深对城市美学的理解，进而达到民族文化的升华。

　　吴振伟深信，艺术的精髓来源于大众，它是有关生活的、基于生命的共鸣，是美学的知识和理念在大众的沟通与交流中碰撞出的绚丽火花，是大众的土壤中培养而盛开的朵朵芬芳。因此，真正的艺术，也应该是回馈大众的，是有情的、"化作春泥更护花"。吴振伟这种浓厚的大众情结在当今这样浮躁现实的社会中，非常难能可贵。

城市景观设计与创意之我见

　　熙熙攘攘行色匆匆的人群穿梭在各具特色的楼群街道间，每个人脸上被周遭各色灯光渲染出各异的光彩……形形色色的街道楼群、园林雕塑、灯饰标识连同汇聚其中的人群构成了城市最为寻常的景象，纵然每个城市都具有各自不同的特色景观，但这些种种都归入了一项专有名词——城市景观。虽然人们生活在各自的城市中，但真正关注到这项概念的人却少之又少，而"城市景观设计"这一具有专业性的词汇则更加鲜为人知了，即使所谓的专业人士，对于城市景观设计也缺乏完整的认识。很多人只是将城市景观设计单纯地认为是城市雕塑设计或者景观灯光设计，事实上绝非如此。吴振伟给了我们一个很形象的概括："城市景观就是'眼球经济'，它能够带来的绝非只有感官上的愉悦！"

　　随着中国经济的蒸蒸日上，人们的生活水平和需求层次都不断提高，物质层面的东西早已不能满足人们的需求了，对于文化和精神的渴望日渐突出，文化创意作为一个产业真正被人们重视起来，而城市文化的塑造和保护正是其中不可忽视的重要环节之一。吴振伟凭着他敏锐的市场观察力，发现了这一市场目前存在巨大的缺失。人们需要的是一种美丽和谐的城市之美，城市景观不仅要能够实现性能的提升和功能的完善，而且要能够符合美学的标准，并且能够传承和代表这个城市的文化形象。因此，"城市景观设计是一个整体的概念，我们不能片面地从工程角度去理解，而是应该多层次多角度地分解，其中最为灵魂的就是创意"！

　　正是这样的创意精神，让我们看到了黄浦江两岸的璀璨灯光——妩媚绵延，触人情怀；南京西路上洒落的"流星雨"——流光溢彩，震人心魄；"玫瑰之约"的灯光景观——花影情韵，浪漫动人；延安西路高架旁的"群马奔腾"雕塑——栩栩如生，气势恢宏；仙霞路水景水牛嬉戏——水雾缭绕，清新喜悦……每一处景观都凝聚了吴振伟极大的心血和独特的创意，使城市景观改造的艺术审美性和社会价值性得到了最大化。

南京西路上的玫瑰之约

位于奉贤路和陕西北路上的朱立叶阳台

吴振伟多年来专注于城市景观设计的实践经验，将创意定位于城市景观设计中最为多样性的一个角色，其所带来的价值更是多层面的。

创意需要通过城市景观设计所提升的功能来实现其功能价值。如何通过有效的城市景观改造，让原有的老街区、老构筑物获得功能层的提升，并获得新的功能价值，这需要关注到功能层面的创意设计，绝非只是通过粉饰外立面所能够达到的效果。

创意需要凭借美学原理的基准来展现其美学价值。一座城市的景观特点始终无法脱离其特有的历史背景，例如上海以前众多街区就带有浓重的工业色彩，但同时又融合着相当自然主义的风格。如何将不符合美学基准的景观加以改造，进而展现该城市的景观之美，这需要通过创意的思考来取舍调整，方能在保留城市原有特色的情况下尽可能实现美学意义上的最优化。

创意需要透过传统文化的传承来表现其文化价值。城市的生命依靠其独有的文化传承和发展，文化是城市的灵魂，如果失去文化，城市就丧失了灵魂，只有将城市文化融入到城市景观的设计和规划中来，所获得的创意才能够让城市的生命得以延续，才能够避免城市发展过程中"千城一面"的窘境。

创意需要符合当代社会环境氛围的标准来体现其社会价值。如果完全从历史的角度考虑城市景观设计和规划，显然偏颇，毕竟城市是集聚人们个体生活的地方。需要考虑到目前以及未来生活在这座城市中人们的审美趣味、政治倾向、社会风气等方面的情况，唯有如此，创意才能够带给人们更美好更切实的生活，而不是空中楼阁，水中明月。

创意需要通过新科学技术的传导来凸显其服务价值。无论多好的创意，都需要通过工程的手段予以实施，进而将原本图纸上的美好设想付诸实际，造福一方。因此，在城市景观设计的过程中，要大胆采用新技术，甚至可以自我研发。唯有通过科技的手段，才能够充分体现出创意的服务价值，能真正做到服务于大众的创意才有其存在的价值！

位于延安西路上展示上海虹桥活力的万马奔腾景观

完美团队　创意无限

由创意所引领的城市景观设计是一个完整的专业体系，它涵盖了建筑外立面的改造设计与工程、商铺店招设计与工程、园林绿化水景设计与工程、围墙与出入口设计与工程、雕塑小品设计与制作、景观灯光设计与工程、各构筑物建筑小品的设计与工程、城市家具和标识系统的设计与制作这八个设计层面，然而目前国内的城市景观设计行业却难有如此全面系统组合实施工作的企业。吴振伟的创意团队正是基于这八个层面，最大程度地整合了各种创意人才，从策划思想到视觉艺术表达和设计语言，将城市景观的八个层面整合在一起，浑然天成，创意无限。

"创新理念是灵魂，艺术创意是生命，综合设计是核心，科学管理是保障，各专业工程整合是结晶。"——在这样的理念引领下，秉承"全心全意地以美为社会大众服务"的宗旨，吴振伟带领着他的专业团队在全国各地进行着他们美化城市的工作。在大家的共同努力下，公司将文化艺术创意通过艺术工程建设的形式表达给了社会大众，得到了社会各界的关注与好评。在上海迎接 2010 年世博会的城市改造及建设中，承接了多项工程，其中特别受到关注的是黄浦江两岸灯光景观设计工作和工程建设。这张优异的成绩单，正是对吴振伟和他的团队成绩最大的肯定和鼓励。

Better Art　Better City

城市景观设计实现艺术与创意的完美结合，旨在打造更美、更和谐的城市，这个行业所创造的价值绝不会仅仅停留在感官上的愉悦，而应创造出更大的附加值。

从国家政策角度出发，借国家"节能减排"政策推行的东风，对城市景观的改造以及重新规划，必将能够为城市的可持续发展加以有效推动。

206

仙霞路"双牛栖水"雕塑

从专业行业角度出发，借上海市创意产业协会城市景观专业委员会的力量，对上海城市景观设计行业进行有效扶持，并制定行业标准和价格规范。加大人才培养，特别是对从业人员进行系统培训以及资格认证，进一步规范上海城市景观设计市场，推动城市景观设计行业健康快速的发展。

从普通民众角度出发，借2010年上海世博会的契机，在城市大规模的改造翻修的过程中，通过大众媒体等途径向市民普及城市景观的基本知识以及相关美学知识，进而提升上海市民对于"城市美学"的认知和修养。

与其说景观设计让城市更美好，不如更恰当地说，艺术让城市更美好。艺术怎样让城市更美好呢？吴振伟更是有着自己独到的见解。他用医学中"疗愈"一词打了一个形象的比方，社会生活中的人们难免会遇到种种的挫折，受到种种创伤，而艺术则是为人们提供了"疗愈"创伤的机会。从某种意义上来说，艺术是一种主观的、抽象的感觉，它能带给人们多少价值，一定程度上是取决于欣赏者自身的心理因素和艺术修养的。正如有100个观众就有100个哈姆雷特，好的艺术作品纵然能够给欣赏者带来内心的"疗愈"，但是欣赏者的美学涵养决定着其受"疗愈"的程度，越是能深刻理解作品的精髓，实现内心的共鸣，越是能够更大程度上"疗愈"内心的创伤。因此，从根本上来说，只有提高全民的美学认知和修养，才能够实现艺术让城市更美好、让生活更美好的愿望。

吴振伟已经在心中勾勒出了一张完整的城市愿景图，城市景观设计只是实现"让城市更美好"的宏伟蓝图中最初步的构图，实现全民美学修养和素质的升华才是真正浓墨重彩的一笔。

徐家华

创出美丽，意在东方

　　徐家华，上海戏剧学院教授，舞台美术系、服装与化妆教研室主任，硕士研究生导师，上海市政协委员，北京奥运会开幕式化妆造型总设计。1994 年获国务院特殊贡献津贴，2000 年获宝钢教育基金全国优秀教师奖，2001 年获文化部一级艺术形象设计师称号，2008 年获中国影视技术学会化妆委员会特殊贡献金奖，2008年获北京市委、市政府、北京奥组委颁发的先进个人奖，2009 年获全国巾帼建功标兵，新中国成立 60 周年获上海百名杰出女教师称号。

　　她的美丽内敛含蓄，却打造了无数惊艳的造型；她的优雅由内而外，让我们感受到从骨子里的淡定和从容；她的团队在 4 个小时内为 15,000 多名演员化妆，她在 2008 年的夏天用"中国之美"征服世界。她就是北京奥运会化妆与造型总设计——徐家华。

　　如果单单只拿北京奥运会一事来概括徐家华的全部，显得过于单调和片面，但我们不得不承认，北京奥运会化妆与造型总设计的头衔，的确是徐家华艺术生命中浓墨重彩的一笔，将东方之美传播世界，她在最盛大的场面和最瞩目的时刻为自己赢得了经久不息的掌声。华丽转身，这一荣耀依旧光彩夺目。对于徐家华来说，笼罩的光环在内心早已褪去，可那份对事业的执着和热爱永远都那么坚定。

参与奥运 不求个性但求唯美

谈起这份与众不同的奥运情结，徐家华总会微笑，然后畅谈起来，细数着几个月来的点点滴滴。徐家华从接到北京奥运会组委会的电话到确立任务再到组建团队，只用了短短半个多月的时间。两个简单的问与答，"你对于奥运开幕造型的设计理念是什么？""如果自己能担任总设计师，会把很美好的东西在奥运开幕的舞台上展现给全世界。""你会组建一个什么样的造型团队？""一流的团队，因为国内很多知名的设计师都是我的学生。"张艺谋导演和徐家华在简短时间内就达成了共识，连徐家华自己都感到意外。"虽然我很幸运，但感到自己肩上更多的是责任与压力，"徐家华坦言。

完美交卷 依靠团队的力量

迅速组建团队，在徐家华心里，没有比完成好奥运任务更重要的了。三位国内知名造型师担任奥运开幕化妆造型团队核心创意成员：毛戈平、陈敏正、莽姗姗。对于选择这三位成员，这是她确保奥运开幕化妆造型有一个完美结局的第一正确选择。成立团队仅仅是个开始，面对奥运会开幕式的盛大场面，徐家华脑子里就是一个词语——成功。

因为有了对奥运会的极大热忱和满腔激情，徐家华和她的创意团队将自己的全部身心投入到了奥运会的工作中去，不舍昼夜，废寝忘食。

徐家华从筹备过程就追求完美和严格，有时甚至是苛刻。在第一轮图纸设计工作中，徐家华和全体成员准备了"唐、宋、元、明、清"五个朝代的造型，每个朝代都有从民间到宫廷的各种样式，但迟迟没向张艺谋汇报工作进展。徐家华考虑到："我们不轻易出手，作品一旦展现第一眼就要让张导看到我们的实力。"总比导演预期的要多准备几款设计作品，总要多一些付出和努力，徐家华和她的创意团队在创意和构思上，全心投入。

即使在充分筹备的情况下，徐家华和她的创意团队在接受张艺谋导演的审核时，不免会有一丝紧张和担心，一点差错都要全部重新返工。令他们欣慰的是，"当会议桌上铺满了我们的设计图纸时，三位总导演眼前一亮。张导给出了'好，都很好'的评价。并表示可以根据某些有亮点的造型调整节目。但最后他补充了一句'你们画得好，能做出来吗？'""我们肯定能，并且做出来的比画出来的效果要好。"

有了这样的承诺，他们开始着手做化妆造型小样。所有的造型小样给张艺谋看时，他都很满意。"有同事讲我们幸运，能从导演嘴里听到'好'字太不容易了。不是我们幸运，是我们功课做得好。"徐家华细细地回忆着那难忘的时刻。

用天道酬勤和功夫不负有心人之类的溢美之词形容徐家华显然深度不够了，以精神和肉体的全部付出，徐家华和她的创意团队做到了极致。徐家华这样说："一个人在很紧张的时候不会觉得累，高压下也不会生病，但是这一切都过后，身体上的骨头都会感到疼痛。"承担了如此举世瞩目盛会的任务，徐家华的压力可想而知。然而在北京一年的时间里，内心的孤独和焦虑只有自己来慢慢缓解，不断地调整自己的精神状态，就像她自己说的，"想发脾气都不知道和谁发"。"明天又是新的一天"，徐家华总是这样为自己和团队鼓劲。

北京奥运会开幕式的那天，对于徐家华来说，散发在她周围的是自信和坦然的气场，每一步的流程都在她心里有了清晰的画面，这些都存放了好久。当我们透过

在奥运会工作中

电视机画面看到上万名演员的妆容精致而整齐，徐家华那一年多的紧张的心弦终于可以松弛下来了。"激动和兴奋早就过去了，最想看到的就是开幕式非常成功，然后可以好好休息。"我们可以想象到开幕式化妆和造型总设计师所承受的压力，也对徐家华和她的团队在这样情况下取得成功为之钦佩。

"着色"点亮上戏校园

开幕式结束后的第二天，徐家华就回到了上海，一如既往地在她钟爱的校园里继续教学和创作。在近一年多的高强度工作下，令徐家华对学校生活特别怀念，"我最喜欢和学生在一起，那样会使我感到自己很年轻，"说到这，她特别动情。其实，在北京奥运会结束后，徐家华受到了各种文化企业的邀请，但都被她一一婉拒。她无法割舍对戏剧学院的感情，眷恋着亲切的校园和那些可爱的学生。在之前的采访中她也多次提到过："张艺谋导演最终选择了我，除了我的简历和我给予他的印象之外，上海戏剧学院教授这一身份可能也是重要的因素。"在戏剧学院的宽广平台下，徐家华不断探索创新教学方式,培养锻炼学生的动手实践能力。"在别人的眼中，服装与化妆专业就是师傅带徒弟，其实不然，这个专业对专业技能要求很高，特别是在如今这个时代，化妆品和化妆工具不断推陈出新，服装服饰的创新更是令我们眼花缭乱。因此，我们就必须要创新实践，继承传统设计理念和教学方法，但不能走到死胡同去，要不断添加新鲜血液，要有突破。"

徐家华在专业教学中走到了前沿，从2002年起，戏剧学院服装与化妆专业的大四学生都会推出一台作品展示——"着色"，每一个学生不仅是化妆师、造型师，更是导演和舞台设计师，充分考验学生的综合能力，这台展示的总策划就是徐家华。"过去，我们的学生只强调纸面设计效果，而着色活动，就是要他们把纸面设计，真实地呈现在舞台上。学生除了可以在学校各种话剧中实践，还能在这台展示中更加充分展示自己的才华，做自己的导演和策划。""着色"办了六年，徐家华的工作室里，也攒了许多漂亮的人偶——它们都是着色活动中优秀作品的小样。"着色"更是成为了上海戏剧学院毕业生作品展示中最有特色的项目。

桃李天下　专业上拓展新思路

"如果让我再选择，我还选择做老师。"徐家华永远都是站在第一线培养一批又一批的化妆师和造型师，永不倦怠。岁月可以让她的容貌不再年轻，但是她的激情依旧似火。

作为老师，徐家华桃李天下。即便是徐家华在北京为奥运忙碌的日子里，她的学生们都不曾忘记老师的生日。那是2008年5月5日，徐家华至今很清楚地记得，那是第一次试妆的日子，早上起来后，她就进入了紧张的工作状态，完全忘记了这个日子对她意味着什么。直到门卫给她送来快递——生日蛋糕，她才记起，今天是自己的生日。那一天，徐家华收到了好几个蛋糕，都是在各地工作的学生快递过来的。有一个在法国留学的学生，也通过网络给她快递来了生日礼物，这让徐家华感动不已，也觉得非常自豪与满足。

作为一名艺术工作者，徐家华觉得自己的肩膀上承担着承前启后的重担。"时代在发展，我们的这个专业也要发展。"徐家华说。她自己当学生的时候，这个专业主要着重于戏剧领域，现在，在她的努力下，影视化妆、生活化妆等课程也纷纷登场。

重新翻开徐家华的简历，那些大大小小无数的奖项，一本本的学术专著，参加指导的无数台晚会和演出剧目，这些仅仅是最简单直接的反映，"这些荣誉我看得很淡很轻，但同时又是对我工作的一个鞭策。不过，我最看重的是1994年获国务院特殊贡献津贴，我那时是戏剧学院获得这个殊荣最年轻的一个。我觉得是国家和人民给予我的最高鼓励，我就不能辜负这份荣誉，让自己做得最好"。徐家华的确就是这么做的，在教学科研中积累了丰富的教学成果，培养了无数优秀的人才，她不仅是优秀的教师，更是女性中的精英。

优雅时分　无处不在

从教学工作中走出来，徐家华也是一位平凡的女性。

在工作中，总是为他人设计各式各样的造型，生活中，徐家华也是个爱美的人。用她自己的话说：从小就好像特别爱漂亮，爱"臭美"。上小学时，她曾经自己用

纸做了一双凉鞋，虽不能穿来走路，但看看也满足了。到上中学时，她还常常为自己头发偏黄而沮丧，因为乌黑的头发是那个时代的最美。岁月流转，如今的徐家华，不必再为没有凉鞋而发愁，她已经拥有了许多漂亮衣服。"我对自己形象的定位是大方、得体、优雅。不一定要穿名牌。"徐家华买衣服的秘诀是，做一个好看的发型，化上淡妆去逛街——这样衣服上身比较容易出效果。无论是工作还是生活，徐家华的美丽平易近人，又精致动人。

为他人和自己打扮出赏心悦目的美丽，徐家华也不时地装点自己的生活。旅游成为她的最大乐趣，而欧洲也成为她最喜欢去的地方。走出喧闹的都市，尽情地呼吸大自然清新的空气，徐家华喜欢用旅游给自己做彻底的放松，快乐地享受生活。

北京奥运会开幕式惊艳和整齐的妆容、造型已经从我们的脑海中渐渐淡去，而徐家华依然在为中国的服装化妆事业描绘出新的亮丽，勾勒出更多经典的造型。不断地追求新意，与年轻人同行，对于徐家华来说，年龄不是阻碍。她，创出美丽，意在东方。

每本书都是一个世界●书是由封面包裹着的，只有打开它才能了解它的主题。它不同于图片，能够直观地被很多人理解和接受。读书完全是个人的事情，需要花费很多时间，眼睛和手总要不停地处于运动之中。它不同于书籍这个媒体的后继者，即那些所谓的新媒体●可读性并不那么简单。通过一本书的封面、版式设计、插图等要素，我们大致能够推测出书的内容。不管这本书是用哪种文字、语言写成的，比如是用中国的汉字或是用拉丁语的字母，或者其他国家、民族的文字。重要的是，用适合的途径去传达所要表达的信息●世界上很多国家都有书籍设计方面的评比，有些已经举办了几十年。中国近年来开展的"中国最美的书"评选，肯定会给中国的书籍带来新的气象●在世界各地，书籍设计都是为阅读书籍和引发会书籍内容服务，当然要从审美的角度进行

中国最美的书
书
2003-2009

袁银昌

装帧艺术的美轮美奂

　　正所谓艺术是美的感情的发现，而美的感情必然始发于艺术家的心中，因为美的欲望诉求而变成艺术创作的冲动，进而表现为客体的艺术品——一本又一本大小不一的精美书籍。

　　说到装帧艺术，就必然会联想到鼎鼎大名的袁银昌。袁银昌在出版业界的声望与备受尊崇源于他迥异于传统的装帧艺术，他的作品决然大度，在稳健平和中流露出动感而意态悠远，体现出流畅、变化、婉约而华贵典雅，又葆有坚韧质地的装帧风格，这也是袁银昌个人风格的彰显。

　　袁银昌，著名图书装帧设计师，中国美术家协会会员，"中国最美的书"活动的资深评委，中国出版工作者协会书籍装帧艺术委员会副主任，上海书籍设计艺术委员会主任，复旦大学上海视觉艺术学院客座教授。1980 年毕业于上海戏剧学院美术系后袁银昌就一头扎进上海文艺出版社里，这一呆就是近 30 个年头，这也是他人生中最为宝贵的黄金岁月。从美术编辑到艺术总监，袁银昌深深地根植于书籍装帧的艺术园地里，认真，执著，穷理尽性，不断地深耕而求索创新，用一本本清新而又精致典雅的书籍诠释"美"的定义。自从袁银昌的作品《生存》在 1981 年第二届全国书籍装帧艺术展中获得封面设计优秀奖之后，他的《中国新文学大系》、

《苏州园林品赏录》又分别在第三届和第五届全国书籍装帧艺术展中获得奖项；《北京人·100个普通人的自述》、《中国民族音乐大系》、《狐幻》、《冰心传》、《中国茶经》、《蟋蟀谱集成》等作品活跃于历届华东地区装帧艺术年会上；同时他的《旅游天地》入选第四届莫斯科"金蜜蜂"国际平面设计大赛，至此袁银昌的作品不仅获得中国人的认可，更向世界迈进。

漫漫艺术路　浓浓艺术情

毕业于上海戏剧学院美术系的袁银昌，攻读的是版画专业。当时美术系开放的教育思想使袁银昌认识和接触了诸如印象主义、表现主义和抽象派，为大师们作品中流动的色彩涌动的情感而感慨不已。毕业后袁银昌进入上海文艺出版社担任美术编辑，正式设计的第一本书是《冰雪摇篮》。最初设计的概念模糊不清，而对绘画的浓厚兴趣自然而然地延续，贯入封面设计中。上戏的四年学习对袁银昌的设计风格打下了扎实的基础，他的作品始终留有绘画尤其是版面的痕迹，即使在那些根本没有直接运用版画的设计仍然如此。80年代初期，袁银昌对绘画大师米罗、克利、康定斯基的抽象主义绘画产生了浓厚的兴趣，这时期，他的设计用类似的稚拙手法，结合平面构成，用于诗歌、散文类的图书封面中。这在当时属于一种相当前卫的风格，得到同行和社会的肯定。在90年代初期，他曾集中大量地使用黑色作为书籍封面的底色，被戏称之为"黑色时期"。第一本黑色衬底的封面设计是《李斯特传》，金色的音乐家头像在黑底色上显得十分庄严而华丽，黑色与金色的交融表现了这个才华横溢的匈牙利音乐家狂放火热的音乐激情。在《李斯特传》的设计中，还第一次用外文字作为主要书名，使它看起来更具现代意味。之后，《巴金六十年文选》、《中国新文学大系》第三辑、《中国文学大系》第三辑、《当代文坛大家文库》等书籍都以黑色为底色。袁银昌认为，这些文坛巨人的作品，不用黑色似不足以表现一种历史的厚重感。

袁银昌视"立意"为创作设计中的灵魂，没有立意，没有想法的作品就没有生命力的，也就谈不上形成个性。就设计而言，立意先导的观念应该贯彻始终，袁银昌也是这样做的。《沈从文和他的湘西》、《画说中国》、《锦绣文章——中国传统织绣纹样》是袁银昌最得意的三部作品。

《沈从文和他的湘西》这本画册是从女摄影家卓雅倾十数年心血跋涉在湘西的土地上，拍摄的上万幅具有浓郁地方风情的作品中选材，配上作家沈从文美丽非凡的抒情文字。袁银昌在整体设计中紧紧抓住质朴和地域特色，选取有草茎机理的艺术纸，来体现朴素的乡土味；在图文间增加了大量湘西民间日用器物和手工艺品，如粗瓷碗、草鞋、烟袋、泥玩具、剪纸、银项圈等来强化湘西的地域特色，凸显细节丰富表现力。

《画说中国》，画册共 16 本。这套书从最初的设计到排版完成前后花了三年左右的时间，其特点是把中国的历史以通俗易懂、深入浅出、又生动地以讲故事的形式展现给读者。除了按历史顺序编排的故事这条主线外，同时还出现大量的其他相关信息，如中国和世界大事记、历史文化百科、各类图表、历史知识的问答题等等。要清晰的理顺和有节奏地表现这些信息，其难度是可想而知的，但袁银昌做到了，他不仅有条理有层次地编排了这套书的内容，更在设计上赋予该书以独特的艺术价值。

《锦绣文章——中国传统织绣纹样》，获得了"中国最美的书"等奖项，这是胡锦涛总书记赠送给耶鲁大学的

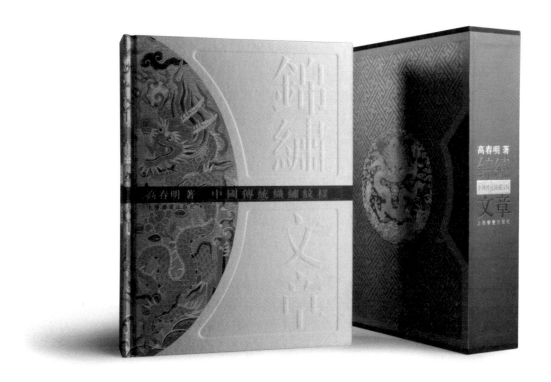

书中的一本。作者是上海艺术研究所的所长高春明先生，他历时20多年精心收集了几千幅历代织绣纹样图。我们仅从该书的天头地脚及翻口三个面的设计可以看出袁银昌的用心，他从近3,000幅图片里面精心选择了不同年代不同风格的云纹、升龙和水波纹，在这往往被设计师们忽视的地方，绘上了精彩的一笔，与书的主题相映生辉、浑然天成。强烈的文化精神的能量，被要求在每一本书籍的封面上，在每一个版面中，甚至在每一个细节的处理，都能充分直观地体现出来，去追求一种整体性的氛围象征。袁银昌倾向于将作品中的中国元素以比较低调和贴合作品的形式表现出来，所以选择了进口特种纸，质地切合这类题材的色彩表现。在设计方面恰如其分，有一定的独特性，大气而又不缺乏精致的细节。

袁银昌将所有的心血都倾注于装帧艺术上，30年来的设计历程，成与败，得与失，甘甜与艰辛都令人感慨。正如他所说："平面设计是我钟爱的艺术,我将为他付出一生。"

艺术之精华　美的感受

纳天地于须弥,微中含有精义。袁银昌努力使每一个纹饰都充满着文化的表情，无论是抽象的、具象的、书写的、还是表意的，他都能透过独特的图像，语汇的隐喻，以及符号的组织建立起来，探求其深层次的文化脉动,他深契其神而默会于心,写意般幻化而来。

涵濡的厚，体味的深，多少年来，经过袁银昌设计的一本又一本大小不一的书籍，可谓名类繁多，其中的华章佳制，更是千姿百态，或叙事、或阐理、或抒情，时而浅吟低唱，又时而高歌猛进，有严辞雄辩，也有娓娓道来，曲理折情而应有尽有，其中更不乏奇思妙语和真知灼见。它们都在袁银昌独具个性情怀的观照下，在制作工艺的精湛雕饰下，处处弥漫着形、色、线的合奏而美轮美奂。

这看似寻常的一本本书籍，当仔细吟味品读时，必定会获得非常丰厚的艺术趣味和感受到多彩的情绪点燃，当纸张材料物质的美和文化精神的美的极致而互为一体时，相信必然会触动美中之至美的升华而绝妙精彩。

郑培光
展露"钢"与"墙"的艺术

人们眼中的"钢"与"墙",在视觉上似乎与艺术有段距离,且两个毫无瓜葛的元素很少有机会以艺术的形态汇集与表露。但有人却做到了,并让人叹为观止!

走进红坊,脑海中仿佛只存在于黑白胶片中的影像顿时鲜活了起来,首先映入眼帘的就是那一排排屹立的红砖墙,墙面上斑驳的痕迹,是岁月的见证,有的墙面上还爬上了郁郁葱葱的爬山虎,无疑是为这质朴的红砖墙增添了最灵动的装饰。接下来便是无处不在的雕塑作品,它们散布在红坊的各个角落,艺术的芳香充斥着整个红坊。"钢"与"墙"就这样艺术地结合在一起。

然而这只是红坊建筑的外景,深入其内更是叫人啧啧称奇。就拿城市雕塑艺术中心来说,它拥有一个罕见的三层空间的结构,而其中长 24 米、宽 8.4 米,嵌入地下深达 3.6 米的立体空间的前身是上钢十厂的淬火池。很少有美术馆的建筑会主动做如此疯狂的空间设计,但这是为炼钢设计的淬火池,拥有如此的惊人空间却再也合理不过。它的朴素的水泥立面,配上最先进的灯光系统,任何一个雕塑作品进入这个场地,都如同进入了一个有历史文化信息的大环境,但这些环境的信息又不至于过分突出而影响雕塑作品本身的气场。

这样的"红坊"不可能出自一个普通的房地产开发商之手,也无法由一个毫无

公共艺术社区——红坊

商业头脑的艺术家实现，只有像郑培光这样的人——年轻的时候受过严格的艺术训练，拥有良好的艺术修养和趣味，同时又亲身在跌宕起伏的商场鏖战数年，各种经验相结合——才能做成这样的项目，才能做得如此有水准，才能入得艺术家们挑剔的法眼。

郑培光，上海戏剧学院舞台美术系毕业，与著名的旅美艺术家蔡国强是同窗，毕业后到同济大学进修建筑学并任教。后下海从事房地产开发，专注于历史建筑再利用项目。拥有雄厚资本以后，2005 年投标上海市政府规划的"上海城市雕塑艺术中心"项目，投资并改建了上钢十厂废弃厂房，按照国际"历史建筑再利用"的思路，改造成"上海城市雕塑艺术中心"，并以其为核心创建了公共艺术社区"红坊"。

续写青春的艺术梦想

建筑是人们最熟悉的艺术，翻开人类建筑的历史画卷，从古埃及大漠中的金字塔到中国的古长城，从秩序井然的北京城、宏阔显赫的故宫、圣洁高敞的天坛、诗情画意的苏州园林到端庄高雅的希腊神庙、威慑压抑的哥特式教堂、豪华眩目的凡尔赛宫，建筑与艺术的一次次碰撞交织成一曲华丽的交响乐章。

　　上海戏剧学院浓厚的艺术氛围无疑为热爱艺术的郑培光提供了最好的成长土壤，在那里他提高了美学理论修养，培养了艺术判断力；在同济大学的建筑学的进修帮助他实现了艺术与建筑的嫁接，艺术的灵魂有了建筑的载体，原本飘渺的艺术梦想变得更加鲜明；即使后来下海经商，郑培光依然没有忘记自己的艺术之梦，在这个过程中，一方面，通过历史建筑置换，改造烂尾楼等项目发展他的企业，积累资本；另一方面，他总是希望能用上他的专业，做一点"艺术的事情"。

　　2000年，上戏舞美系的同班同学蔡国强从美国到上海，和郑培光聊天。此时的蔡国强已经立足世界当代艺术圈，是最有代表性的几个中国当代艺术家之一。而郑培光则已经在证券和房地产市场胜算了几波高潮，手里颇有些资本，兴致勃勃地和蔡国强谈论做美术馆的事情，蔡国强说："小弟，在美国有句话，要想破产快，就去开画廊。"郑培光不想破产，但是郑培光还是想做艺术。每次出国考察，郑培光最喜欢的是去公共艺术中心，或者是各种私人博物馆，并连续数年定期到巴黎进修法国

很大的红坊公共活动空间

雕塑与博物馆相互映衬

国家建筑师课程。

看看今天的红坊，"大跃进"时代建造的厂房改造成了上海城市雕塑艺术中心，滚烫的淬火池变成了立体的展览场地⋯⋯40多岁的郑培光站在他的作品面前有难以表达的愉悦。正是这份青春时的艺术梦想，也正是对于这个梦想的执著与韧劲，帮助郑培光在追求梦想的道路上逐渐打开了自己的一片天。

打造工业筋骨 艺术气韵

坐落于上海西区的淮海西路上，创建于1956年的上钢十厂曾经是上海工业史上的骄傲——曾创下年产冷、热轧带钢40万吨的纪录，铸造了一个时代的辉煌。由于工厂转型，上钢十厂此前已经闲置多年。根据新一轮的城市规划调整，该地块的用地性质被确定为公共文化用地，而建于上世纪50年代的厂房则将得到保留并改造更新，成为以上海城市雕塑艺术中心为核心的公共文化中心。政府部门希望能找一个有历史建筑改造经验同时又有雄厚资本实力的公司来将其厂房改造成雕塑艺术中心，当时有包括上海美术馆在内的8家竞标机构，而郑培光的方案最有竞争力：第一，郑培光是以民营资本进行投资，未来雕塑中心的运营会更有活力；第二，在此之前，郑培光做过几个历史文化建筑功能置换的项目，这其中包括上海安福路201号（国民党最后一任市长吴国桢的豪华官邸）以及新华路的几处花园别墅，有丰富的改造经验；第三，郑培光尽管是个商人，但是首先是个"历史建筑再利用"的专家，而且懂艺术，有相当好的理论修养和艺术判断力。

2005年5月5日上海市政府拍板决定这个项目由郑培光投资开发，条件是同年11月11日必须对外开放雕塑艺术中心。6个月的时间要完成全面改造。

为了这个项目的实现，郑培光简直像疯子一样。这6个月的时间，郑培光所有的时间都是在工地上度过的。作为老板，他控制着整个项目的投资运营，作为艺术家，他要保护每个他认为有价值的建筑肌理，这个工地上没有建筑师、没有室内设计师，郑培光一人担当了所有的设计和创意的角色。

2005年11月11日，雕塑艺术中心如期开放，这是建国以来中国雕塑史上极其重要的一个事件，也是"雕塑艺术百年"的一项重要的活动，更重要的是，上海从此以后有了一个真正意义上的雕塑中心。

在成功投资建设并运营上海城市雕塑艺术中心的基础上，郑培光又着手逐步打造了具有地标效应的红坊公共文化艺术社区。今天的红坊，我们可以看到，占地面积约5万平方米，项目总建筑面积约4.6万平方米。其中，公益性的上海城市雕塑艺术中心占地约2万平方米，由展厅、雕塑广场以及相关配套设施构成，其中室外公共展示空间占了约1万平方米。围绕中央绿地，依托具有历史风貌的工业遗址，设置了创意商务区、休闲服务、展览展示等区域。

整个红坊的一草一木、一砖一瓦都包含着郑培光的汗水与心血。为了保护建筑原有的结构和肌理，郑培光费尽心思，例如城市雕塑艺术中心门口那条铺设于20世纪50年代的马路，因为长时间运输钢材以及地壳变动已有些微损毁，所有的工人都以为要重新改造铺设柏油，郑培光没舍得去动它："你知道它有50年的历史，你现在到哪里去找一条完整的马路保存了50年的信息？"

同时，更难的是在保护建筑的基础上，要实现对旧建筑的安全性和舒适度的提升。比如屋顶混凝土板的破损用碳纤维进行了全面加固，碳纤维是一种运用于火箭、宇航以及赛车等尖端科技产品的新材料，耐高温、耐腐蚀，用在历史建筑保护上，几乎看不出对原先建筑肌理的破坏。而随着时间的推移，再过50年，这些碳纤维又会成为人类建筑的材料记录。

正是郑培光这般几近苛刻的改造，红坊才有了今天的工业筋骨和艺术气韵。

红坊的一小步　城市再生的一大步

一个城市是有生命的，有她自己的生命周期，这个世界上从来没有什么永恒之城，但一个城市没有了变化的活力，也就没有了生命力，人类历史上有大量的城市在一成不变中走向死亡。"对于一个城市，只有预先看到了她的死亡，才能更好地避免。人类不可能无休止地保留旧城，建造新城。因而，我们需要用'再生'的眼光，合理地利用有限的土地、环境资源，让'城市再生'。红坊正是城市再生的一个典型范例。"

废弃的老厂房经过郑培光如此精心的一番"打扮"，显得分外"娇艳"——他既不是一味地保护旧建筑，也没有全盘推翻重新建造，而是深深抓住了工业的精魂，融合了艺术的灵气，最大程度利用现有的资源，给宝贵的工业遗产注入了新的活力，实现了"再生"的飞跃。郑培光说："当时这里还有一个上万平米的垃圾堆，环境条件很差，现在我们将其改造成了这片公共绿地，可是我们还是能够从那些巨大的工业厂房的背影中，感觉到一种属于工业遗产的魅力。"

红坊是郑培光为城市再生迈出的探索性的一步，他很清楚地知道自己是在做一件风险极大的事情，正如他所说："只要是我们介入的项目，必须有一个开放的文化空间，也就是说我们必须舍弃部分商业收益。"他将运作更多资源和资金，联手政府和企业，率领其团队打造中国专业文化基金，用于发掘和扶持中国当代艺术。至于如何在艺术和商业之间走钢丝，既能真诚地做艺术，又能使得其健康自足的发展，现在看来，最艰难的阶段已经过去，郑培光似乎胸有成竹。

经过数年的运营和管理，红坊已形成以视觉艺术行业为核心竞争力，同时发展出独具自身特色的文化传播领域产业链。2007年，上海市经委（现改为上海市经信委）授牌红坊为"上海新十钢（红坊）创意产业集聚区"；2008年，上海市委宣传部为红坊授予了"视觉文化艺术产业基地"称号。2009年6月，由国家文物局主办，上海市文物管理委员会承办的"全国工业遗产保护利用现场会"，在上海城市雕塑艺术中心举行。遗产保护界的知名专家，从不同角度阐述自己对工业遗产利用的实践与思考，并以红坊为示范向全国推广。

上海，作为一个国际性大都市，各国文化在这里碰撞交融，这样一座城市是断然不能在历史的洪流中失去生命的，如何让这座承载着深厚的历史文化底蕴的城市继续活力四射，继续散发魅力？城市再生是最好的答案。郑培光的成功，不仅是其个人事业的重要一步，更是对于整个城市再生事业跨出的重大一步。

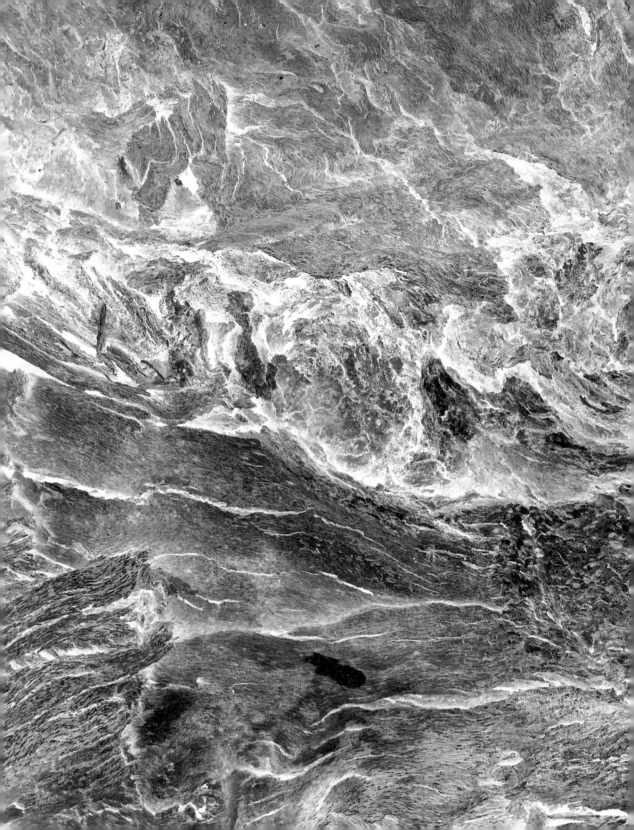

周诗元

蹈光摄影　慧缘意像

创出奇迹　意气风发

1988 年 1 月，周诗元出生于上海一个艺术之家，小小年纪的他对任何事物都充满了好奇心，玩耍之中，学会了用照相机，便开始用镜头来记录自己对这个大千世界的神奇发现。9 岁那年，周诗元在《解放日报》发表了他的第一篇文章《玩出个名堂》，之后还先后加入上海《小主人报》社、《解放日报》摄影小记者团，并且获得统一杯全国摄影比赛少年组一等奖和中日友好交流摄影比赛优秀奖；16 岁留学澳洲，同年出版了第一本摄影图册《生命最初的咏叹》，并在上海奥赛画廊举办了第一次摄影图片展；17 岁在悉尼举办了第一次在海外的个人摄影作品展，并进入 Crone partners Architecture studio 实习，参加了多项建筑项目的设计过程；18 岁在 Global collage 举办个人摄影展，并协助 Alethea Gold 以及 Luca Zodern 策划名为"中国儿童"的拍摄计划；19 岁在上海城市雕塑艺术中心举办个人摄影展《蹈光摄影·周诗元摄影作品》，主持悉尼环球中心广场设计案，并升任 Crone partners 亚太地区执行总监，同年，他的作品《和平之风》在悉尼 Mother Of All 慈善晚会中拍卖，所得款项全部捐给 Big Brother And Big Sister 基金会；20 岁在上海壹号美术馆举办《慧缘意像·周诗元的摄影世界》作品展。

成长关键词：父亲　国学　澳洲

周诗元，当你读到这个名字，或许会有一种感觉，这样的孩子或是出生在书香门第，或是父母寄予孩子拥有文人的学养和素质的厚望，说出这两点，也就是普通人的表面直觉。你又会立即在脑海中弹出这样的印象——清澈安静的大男孩，然而人们的主观臆想大多是片面的。周诗元，在一位画家父亲的灌溉和栽培下，在一位对他钟爱有加的母亲呵护下，不仅将摄影玩出了名堂，而且让我们从他身上找到了中国青年可贵的品质和成熟、洒脱、自信的气质。

用天才的字眼定义周诗元是不合适的，青年才俊四个字最恰当。不夸张地说，周诗元是中国 80 后一代的杰出代表之一，年仅 22 岁的他，已经成就了诸多超越年龄的不可思议。

大家不禁会产生疑问，是怎样的教育成长环境，让只有这般年纪的周诗元在摄影领域中定义了自己的独特风格。在诸多答案中，首先来自周诗元的父亲——画家周加华，没错，生来就能在艺术气氛的熏陶下成长，的确让周诗元继承并汲取了很多艺术的天赋和养分。父亲个性化的教育理念，更可以说是一种对教育的执着精神，让周诗元从小就可以摆脱传统教育体制的束缚，从老师那里得到了不写作业的"特权"。但是，这没有令周诗元变得放纵和不羁，周诗元用双手享受快乐的童年，创造充实的生活。父亲在打破传统教育的书本化和概念化的模式下，依然没有忘记对周诗元人品和学养的塑造，从小就要求周诗元背诵《三字经》和四书五经，传输给周诗元中国儒家文化的经典，就是这样从小的点滴积累，使周诗元每一幅作品背后传递出的爱和美都让我们会发自内心地感动，这源于他对中国哲学和文化的思考和再现，只不过他选择的途径是镜头。

父亲个性化的教育除了对周诗元的细心培养，更重要的是，在他们父子之间建立了一种平等和谐的关系，无论是学业还是生活，周诗元都会主动同父亲交流和探讨，自己的摄影作品，父亲是第一个观众，父子间有时会产生不约而同的共鸣，有

望 · 翩然

时亦会擦出争执的声音。在他们之间存在着父子关系，师生关系，朋友关系。简单地说，父亲在周诗元的生活中扮演着各种角色，爱他，影响他，支持他。

周诗元成长教育环境中，父亲的培养占了极大的比重，不仅为他打下了深厚的文化学养，而且塑造了他独立的人格，这是从小扎根内心的基石。周诗元的父亲在他16岁时，送他远赴澳洲求学，那里更加自由的学习氛围，开拓了他的眼界，被澳大利亚天高地阔的自然风景所吸引，在童年就酷爱摄影的周诗元更是按捺不住心底的兴奋，频频按动快门，在出乎意料和巧合中记录着光影的移动，表达他对爱和美的理解。澳洲的留学生活对周诗元来说是一种有选择的扩充和丰富，由于父亲的教育和对中国传统文化的深刻感悟，他会这样告诫自己和周围的朋友，"西方社会绝非胜地，我们需要有选择地学习"。周诗元说，无论是空间上，还是制度上，澳洲都显得更为自由。澳洲地广人稀，空间上的自由感不用说，加上远离父母，做什么不做什么一切由自己做主。"我每星期都会按时向父母报告一周来的所作所为，因为我知道，无论如何我只是个孩子。碰上一些困惑或者烦恼，父亲总会在电话里帮我解决。"周诗元虽然远在大洋彼岸，但时刻不忘远方父亲的叮咛。年轻的周诗元理性地对待自己的求学生活，却充满幻想地捕捉自然和人文风光，让它们在自己的镜头下呈现出别样的精彩。

霜风 · 寒

创作关键词：玩　发现美

　　看周诗元的作品，不少人都会发出同样的感叹——这真的是摄影吗？这些炫丽的色彩、线条、光与影，似乎构成了一幅幅风格迥异的画作，我们看到了充满意境的水墨画，强烈明快的版画，饱满凝重的油画，让人感觉已经不是在看摄影，而是在看画家作画。周诗元的作品完全颠覆了人们对于摄影的理解，他超越了传统摄影"记录"的界限，将摄影升华到"发现"的高度——去发现人们肉眼欣赏不到的美，通过镜头，去提炼、去表现，呈现在人们眼前的是客观存在，却是由于种种原因被人们忽略了的美，是周诗元用他的灵性和能力把这种美带到了我们的眼前。"生活是美好的，充满着五颜六色；看待事物，通常也有很多方法，取决于不同的角度，能在习以为常的事物中，发现美好，发现自然的奥妙。"只有真正的思想家、艺术家、发明家和纯真的儿童，才能"在习以为常的事物中，发现美好，发现自然的奥妙"。

周诗元的作品会让人怀疑，这是不是通过现代电脑技术处理的效果，但事实上，周诗元的作品仅仅来自于一架普通的相机，不经过后期加工。他不需要昂贵的设备，不需要华丽的装饰加工，他的作品所传达给我们的是一种纯粹的美。周诗元说："其实用相机就是碰运气，买着了就用了，不同的相机不同的功能带给我们的是不同的欣赏美的视角。"

周诗元的创作过程跟他的作品一样奇特，他说："我拍照的时候什么都没有多去想，我不是想要向人们传达我的意愿，只是简单地分享美。"艺术，本来就不是刻意而为之的，它是随意的、自然而然地流露的。它可能是我们生活中任何平凡的事物，只是灵感突现，镜头闪烁，他甚至不去管上一张拍得怎样、拍成了什么，只管一气呵成拍完这个灵感的瞬间，全部完成后才在电脑上浏览，一幅幅地回味、发现，我们的大千世界总能够一次次地创造奇迹，全新的感官给摄影者无尽的惊喜，给观赏者无穷的想象。

个性关键词：洒脱　成熟　孩子气

在东西方相交融的成长教育环境的熏陶下，周诗元的性格渐趋成熟，洒脱而干练。

性格因素在一个人的成长道路上的确不可小视。年纪不过20出头的周诗元，却显示出了难得的成熟和冷静。16岁就完成了自己的第一本摄影图册《生命最初的咏叹》的他，没有被外界的追捧和报道而迷失方向，也许往日平静的生活会不时掀起波澜，但周诗元的眼神中还是那么清澈和阳光。对，周诗元就是那种帅气的大男孩的感觉。在澳洲学习困乏时，他会尽情地在大草原上驰骋奔跑，完全是一个没有烦恼的孩子。躺在大草原上，随意地拿起胸前的相机，灵感顺时而来，这种冲动是来源于对大自然的感动。的确，周诗元的摄影作品没有我们想象得那么神秘，真实而简单。

在采访中，周诗元特洒脱地说："摄影对我来说，只是玩，是生活的调剂。"但是"玩"绝不是周诗元的生活态度，对待自己的学业和工作，周诗元始终坚持着认真和一丝不苟的精神。周诗元正与澳洲著名设计师 Akira 合作，把自己的摄影作品融入时尚设计当中，打造自己的时尚品牌。目前，周诗元正在北京筹划易元堂项目，力求打造一个集设计、时尚、传媒、艺术、金融五大产业于一体的全新中国视觉平台。与此同时，周诗元热心公益事业，"上海宋庆龄基金会·周诗元青少年教育基金"正致力于发掘、培养一批青少年视觉艺术人才，为他们提供支持和帮助。

周诗元用自己的行动告诉大家，他不仅仅会"玩"相机，他将自己的艺术理想上升到又一个高度。"艺术不是创造，是生活的一种提炼和归纳，将所思，所虑，所悟，以自己的角度去度量，去表现，如此，便是艺术。"这是周诗元对艺术的理解，从另一个角度看，也是他对生活的感悟。喜欢思考的他，未来的每一步一定会很踏实。

往日的追风少年，今日的青年才俊。周诗元，创出奇迹，意气风发。

绮丽·珍

赵 荔

创意，从少年开始

"2008 年第三届中国创意产业年度大奖"在北京隆重揭晓，上海市创意产业协会、创意儿童专业委员会最年轻的秘书长，年仅 15 岁的中学生赵荔获得了创意产业先进个人奖项。作为获奖代表，当主持人问到赵荔有什么获奖感受时，这位本届大奖年纪最小的获奖者一语惊人："少年强则中国强，创意中国 90 后加油！"

她，有三本著作《有太阳的墙》、《3·1 班以外的故事》、《3·1 班的故事》，合著《遭遇创意队》，译作《迷雾满城》她，辗转于深圳、吉林、新西兰的 6 所学校读书；她，是一个普通的女孩，又是个头脑很有创意的少年。

成长之路　以书为伴

重新梳理赵荔的成长和创意写作之路，发现她从爱上写作到迷上写作再到全面写作，这些成长既是一个孩子的成长阶梯，又可以看成一个孩子的不寻常的写作心路，去探究，去感受。

赵荔的第一本书是 7 岁写的，《3·1 班的故事》被专家誉为"改革时代儿童自己书写的心灵史记"，很快畅销全国，多次再版。

千里马遇上了第一个伯乐。上海市创意产业协会常务副会长孙福良教授注意到了赵荔，他很快读完了《3·1班的故事》，拍案叫好，并向各界推荐，希望能改编成连环画或话剧。随后，孙福良和赵荔进行了一次有趣的谈话，洞察到了她非凡的发展潜质，从此视赵荔为"忘年交"，关注着赵荔的成长。

赵荔一发不可收拾，9岁时出版了第二本书《3·1班以外的故事》，集合了平时写下来的小故事和散文等多种文体。内容丰富，语言生动，充分展示了她驾驭多种文体的能力，深受读者的喜爱，很快再版。11岁时她又出版了校园故事《有太阳的墙》，此时她已经在新西兰小学学习一年多了，她在故事里思考了友谊、竞争、荣誉、快乐等问题。中国小作家协会为这本书召开了两次研讨会，引发好评如潮。接着她用英语重写了这本书，中国外研出版社的编辑看了该书的英文稿评价说："英语运用像母语一样自如。"

12岁时，她在网上参加了由湖北少儿出版社，英国哈泼·柯林斯出版公司，新浪网联合举办的，包括大学生在内的"天使无极限——校园英语翻译大赛"，获得冠军，出版了译作《迷雾满城》，得到了哈泼·柯林斯颁发的奖状。

年仅12岁的赵荔就出版了三本著作和一本译作，大家不禁要问，这是天才吗？享受国务院特殊津贴的清华大学附属中学特级教师赵谦翔这样回答了大家的疑问："是天然，'天才'与'天然'，虽然仅一字之差，却相隔万里之遥。'清水出芙蓉，天然去雕饰'，是形象的解说。"的确是这样的，赵荔的文章被称为"绿色文章"，她以孩子的视角告诉成人他们眼中的世界，而且独具见解。

学习方式　与众不同

人小鬼大的赵荔能取得如此的成绩离不开她不同寻常的学习经历和父母的正确引导。赵荔在1999年6岁时上小学。9年时间里，她跳了两次级，转了5次学，上了7个学校，休了5次学。上海、吉林、深圳、新西兰，几年间她从南方转到

北方，从国内转到国外。这些奇怪的数据和经历看似简单，却是赵荔最真实最清晰的印证，就是因为不断的接触到新的环境和人，赵荔的写作想象力得以如此天地广阔。

从上小学的第三个年头开始，她就尝试着半天上课，写部分作业。从初二开始，她完全不写作业，只上半天课。由于课程设置和进度的差异，赵荔从新西兰读完初一回来后，必须用一年的时间把初中三年的课全部补上。而这一年的时间，她要到澳门参加IBBY大会，要到英国哈泼科林斯出版公司领奖和座谈，还要同国际创意产业大师约翰·霍金斯讨论书稿。就是在这样"公务繁忙"的情况下，赵荔运用独特的学习方法，中考时达到了自己所报考的第一志愿。

很多人猜测说她肯定是在家的时间请了最好的家教。其实她的秘诀之一就是不请家教，不看辅导书，用自己的方法学习！

如果不是中考，她在家的时间从不看课本，而是大量阅读英文、中文名著，以及古典书。不断地变换新的学习环境，使得她有很强的适应能力。

年纪虽小　理韵深长

翻开赵荔的书，展现在我们眼前的是一幅幅丰富多彩的生活画卷：无论亲情、父母纠纷、代沟情结、师生矛盾、同学交往、商品大潮、环境保护、雅俗文化、流行时尚……从学校到家庭，从家庭到社会，方方面面，无所不包，其反映生活的深度与广度，远远超出一般的中小学作文，而这一切无不打着鲜明的时代烙印。值得一提的是，书的表现手法是纯"天然"的，原汁原味的童言，原汁原味的童趣和原汁原味的童心。

有人说赵荔是神童。而赵荔却淡淡地说："我写书只是正常孩子的正常发挥。我不是超常儿童。小时候，我的家庭环境宽松，父母没有给我施加一点学习上的压力。我喜欢阅读、写作，家里对我一路绿灯。我在新西兰读书时，那里的学生学习压力小，玩的时间很多。所以，我才有充裕的时间创作英文版小说《有太阳的墙》。"我们不难看出赵荔一直保持着良好的心态，这也是她能够健康成长的关键。

她与当下的一些少年作家大不一样。在她的文字中，没有对现实生活的反叛与疾愤，也不是那种远离现实的虚幻想象；或者是，睁着一双故作成熟的眼睛，对历史曲直进行点评或新解，对成人生活进行调侃和嘲讽。赵荔与成人写实主义作家一样，关注的是自己已经经历和正在经历着的人和事，探寻的是平常乃至琐碎生活的内涵和意义。她把自己对校园生活的观察、体味、感受，以及自己在其中的思索和探究用简洁动人的笔法描述了下来，展示出少年儿童成长中的曲折和曲折中的无限快乐，她带给我们的是一幅趣味盎然而又韵味无穷的童年写真画卷。

更难得的是，赵荔传达给我们的是：成长是快乐的！在现今教育体制下，在孩子们的生活中提炼出"快乐"的元素和主题，我们似乎很难找到这样的作品。赵荔对成长的体验和理解因其对本质意义的关注而显得独到。

小小年纪，连续出书，人们无不称奇。可对赵荔及其家长来说，这只是一件很普通的事。谈起写作，赵荔说：我喜欢写作，最喜欢的是写作时的感觉。是的，赵荔在父母的支持下，做了自己最喜欢做的事，而且，因为坚持，还把自己喜欢的事做出了不小的成绩。喜欢并且坚持，所以，赵荔让成年人感动，让同龄人佩服。

大师合作　灵光聚散

千里马第二次遇伯乐。当赵荔 13 岁时，在参加上海创意儿童座谈会时经过上海市创意产业协会常务副会长孙福良的引荐，结识了国际创意产业之父约翰·霍金斯。当时霍金斯受聘为上海戏剧学院创意学院国际副院长，而赵荔在孙福良会长眼里是一个有挖掘潜力的创意少年，并认为赵荔可以有更加广阔的平台来展现自己的写作才华和创意才能。与霍金斯的会面，预定只有 10 分钟，却由于气氛热烈又延长了 30 分钟。赵荔很快就忘记了拘束，显露出了小孩子的天性，她用流畅的英语与霍金斯自由地交谈，并向霍金斯侃起了她构思的下部故事《井字游戏》，霍金斯兴趣盎然地同她聊着，笑着说她是个"纯粹的小孩"。会面结束时，赵荔提出把霍金斯一部适合青少年阅读的著作译成中文的建议，他欣然答应把他正在写的一本书委托赵荔翻译。

当赵荔从上海返回深圳时，就已经接到了霍金斯先生的第一个 E—mail，他的第一句话说："我们对未来世界的看法是相同的。"然后说："我要与你合写一本书，

与大师交流　赵荔（左）与霍金斯（右）

我的话是认真的。"会面后的第二天，霍金斯对孙福良说："感谢您向我推荐了一位有创意，有天赋的中国女孩，我要与她合作写一本创意方面的书。"两年以后，当这本书已接近完工时，霍金斯在接受媒体采访时说："为了要写成一本适合青少年读的创意读本，我一直在寻找合适的合作者，以前曾与一位美国作家尝试过合作，没有成功。赵荔的中文和英文都很棒，满脑子创意，我预想我们会合作成功。"

在谈到合作体会时赵荔说，我们的合作有尊敬无崇拜，有平等无骄傲。我们有过争论，如果没有达成一致，就搁置不用，霍金斯先生从来不因我是小孩而强加于我，我也不因他是大师而放弃自己的观点。他对我提供的每一个问题都去一一核实。

对于这样一个跨国度、跨文化、跨年龄的创意合作项目，上海市创意产业协会高度重视，积极组织上海戏剧学院创意学院师生参与该项目，为合著设计和绘制插图。历时两年，到2008年8月完稿，他们共见面四次，完成了合著《遭遇创意队》，一本全球首部面向青少年的创意读本，被誉为"理论演绎通俗独到，故事讲述异彩纷呈"，该书的诞生，无论对于作者本身还是青少年创意教育和创意产业的发展，都具有积极的推动作用。

赵荔通过和霍金斯的合作展现的是中英文的运用能力和交流能力，与大师在沟通中没有胆怯，充分表达自己的见解，赵荔淋漓尽致地调动了自己的创意头脑，她那个大大的脑袋装有无数的新鲜灵气的想法。

我们相信未来在赵荔笔下会诞生更多精彩故事，更多富有智慧的思考。

第三篇

创意教育　前沿与高端

创意经济不仅改变了产业结构，对社会结构的变化也具有催化作用，创意阶层成为知识经济时代一个新兴阶层。在发达国家和地区，创意阶层已成为社会经济发展的主要人力资源。"一个世界级的工程师和 5 个同事可以超过 200 个一般的工程师"的时代已经来临，创意产业的高度发展依靠文化创意人力资本的投入产出和创意阶层的崛起，已成为不争的事实。

由于中国的创意产业起步较晚，因而创意阶层尚处于形成过程。现有创意人才规模和知识结构远不能满足有着巨大上升空间的创意产业的发展。有关的统计资料显示，纽约创意产业人才占就业人口总数的 12%，伦敦为 14%，东京为 15%，而中国的创意人才在行业需求与人才储备之间存在着巨大的缺口。

因而，中国的教育，尤其是创意产业发展比较快的城市，应该担负起培养创意人才的责任。在上海，一些高等院校、研究机构已在创意教育方面走在了全国的前列。这些高等院校和机构，审时度势，抓住时机，根据创意产业发展的需要，在强势学科的基础上，设置了相关的专业，为培养创意人才而努力奋进。

上海戏剧学院
文化艺术创意人才培养的摇篮

年轻人追梦的地方

上海戏剧学院，是多少年轻人向往的艺术殿堂，也是许多优秀文艺青年梦想实现的福地，更是文艺专门人才辈出的地方。建校以来，她为上海乃至中国培养了无数的文化艺术人才，戏剧表演方面如祝希娟、焦晃、赵有亮、潘虹、奚美娟、王洛勇、李媛媛、陈红、尹铸胜、陆毅、李冰冰、佟大为等；编导方面如余秋雨、沙叶新、胡伟民等；舞美设计方面如周本义、胡妙胜、金长烈、韩生、伊天夫等；美术方面如吕振环、蔡国强等；电视主持方面如和晶、陈蓉、董卿等；戏曲演员方面如蔡正仁、梁谷音、岳美缇、张洵澎、计镇华、杨春霞、张静娴、史

敏、王佩瑜等；舞蹈演员方面如凌桂明、石钟琴、茅惠芳、汪齐凤、杨新华、辛丽丽、黄豆豆、谭元元、范晓枫、孙慎逸、方仲静、姚伟等。他们当中相当一部分是中国乃至世界戏剧、影视、美术界的著名艺术家，为推动中国文化艺术事业发展作出了重要贡献。

花园洋房诉说历史

走进上海戏剧学院，首先映入你眼帘的是那一幢又一幢的花园小"洋房"和几个剧场。是些很有文化历史底蕴的小洋房，很亲和，可以近距离平视。一栋栋小洋楼看似很"古"，里面的设施却很现代。学院常年有演出，看

《岁月·1978》中的"时光隧道"

戏的人们在上戏充满艺术氛围的校园内驻足停留，都惊叹在大学的校园里竟会有这样的高品位的建筑，简直颠覆了人们的习惯思维。每幢洋房的造型和色彩都是有点区别的，所以，你去一次就会记着，绝不会搞错。

上海戏剧学院出文化艺术名人，他们留下的足迹也让人回味无穷。

与时俱进推出演艺新实践

上海戏剧学院以演出艺术的教育与实践而著称，近年来它在这一领域中频繁推出新的创意实践，荣获上海舞台美术学会优秀创意奖的情景展览剧《岁月·1978》，就是其中颇具代表性的一项。

《岁月·1978》推出已两年，直到今天，为该剧而建的同步专题网站还不断有观众留言，其对人们的心灵震撼由此可见一斑。

2008年正值中国改革开放30周年，上海戏剧学院计划为此而推出一部演出。30年沧桑巨变，究竟如何展现？担任创意总策划的韩生院长，在访问柏林世界文化中心时，从一个装置艺术展和一台环境戏剧中获得创作灵感，提出了采用情景展览剧的方式展现上海从1978年到2008年的历史变革。

《岁月·1978》，是情景展览剧首次在国内进行的实验探索。这是演员与观众交织互动

隔水而立的上戏剧院

2004年10月上戏创意学院隆重揭牌

07游戏动漫专业的学生在游戏公司进行实训

的一种尝试，体现了戏剧空间的开放性，以引起人们对现实生活空间的重新审视与关注。

根据情景展览剧的理念，《岁月·1978》创作者复制了1978年上海弄堂的现实生活。观众进场首先要穿过由2008向1978回溯的"时光隧道"，这是从300万字的史料中精选出来的3万字的历史大事记和图片。到了隧道"1978年"一端，迎面走来身穿当年白色警服的警察，提示参观注意事项，要求观众更换具有那个时代感的服装。进入当年的弄堂，里面可以使用粮票（附在门票中），以当年的价格购买小卖部的香烟、摊贩的馄饨。

场景的搭建材料来自于静安区拆迁办提供的居民废弃的旧家具、旧门窗。这些物品都包含着难以复制的岁月痕迹。

除了部分戏剧学院的学生外，大部分演员都不是专业的，他们来自各行各业，每天都要在搭建起的弄堂里"生活"整整10个小时，从上午10点到晚上8点。因此，观众在不同的时间去观看，看到的生活场景也各不相同，而观众在参观时则成为了演员。比如，你走进弄堂，就会有人招呼你喝茶、聊天、参加婚礼。因此，观众不再只是旁观者，而是能够像生活在那个年代一样地去参与和体

验。中国美术学院许江院长在高考补习班这一景点前激动地说，他自己就是1978年考上大学的，老师在黑板上出的作文辅导题就是他当年的考题，这一情景勾起了他很多的回忆。可见，在这个剧中，现实生活与戏剧表演紧密融为了一体。

《岁月·1978》还体现了30年流行语言的变化，如20世纪70年代末：喇叭裤、双卡录音机、包产到户；80年代：万元户、女排精神、五讲四美、大锅饭、皮包公司；90年代：卡拉OK、开发区、超市、婚纱摄影；21世纪：博客、PK、超女、QQ……

1978年，是中国人共同的时间节点，共同的生活体验，共同的命运转变。《岁月·1978》就是在各种"不同"中体现的"共同"。

不同投资主体、不同阶层观众、不同地域人士的共同感受；

不同艺术形式（戏剧演出、装置艺术、游艺项目）的共同创作；

不同参与方式（现场、网络）的共同协调……

因此，《岁月·1978》既是扮演，更是重温；既是叙述，更是体验；是艺术教育和演出领域中一次成功的创意实践。

英国著名创意产业专家约翰·霍金斯在创意学院授课

把握机遇建设创意学院

随着文化创意产业的兴起，上海戏剧学院在 2004 年 10 月正式成立了我国首家以培养创意人才为目标的创意学院。

在学科建设方面，上海戏剧学院创意学院以建设创意学新兴学科和造就创意人才为目标，运用创意理念和方法，通过文化艺术与科技、经济类课程的有机结合，培养具有复合型知识结构、创新意识和实践能力较强的创意人才。涉及专业有文化创意管理、媒体创意、游戏动漫、视觉传达，同时培养创意学方面的研究生（含 MFA）。

创意学院虽然"小"，但却接连做了几件大事情。

◆全力推进理论建设

随着创意产业在我国的蓬勃兴起，理论建设成为当务之急。创意学院创建之初，就聘请了我国创意经济的权威、著名经济学家厉无畏先生担任客座教授。厉无畏先生曾多次在上海戏剧学院发表关于创意产业的演讲，在这里留下了闪亮的思想火花。约翰·霍金斯先生是享有盛誉的英国著名创意产业专家。数年前，霍金斯欣然接受创意学院聘他为客座教授的邀请。随后，他每年都会来，指导学院创意理论研究和创意实践活动。在创意学院，霍金斯充分享受着宽松而愉悦的学术氛围。在与师生的交流中，他完成了《创意生态》一书的写作，这是他继《创意经济》一书之后，对创意产业理论的又一重要贡献。

创意学院专家及教师的理论研究成果，在相继推出的一批专著和书籍中得到了体现，它们分别是《中国创意经济比较研究》、《创意学概论》、《创意产业知识产权管理》、《全球创意产业的盛会——联合国全球创意产业研讨会（上海）纪实》、《名家谈创意》等，都是有较高水准的创意产业理论成果。

◆积极创新研究生教育

上海戏剧学院是我国最早获准培养艺术硕士（MFA）的院校之一。创意学院承担了艺术管理方向的 MFA 培养任务。在培养 MFA 的过程中，创意学院的教师们有意识地将创意产业前沿理论和运作方式导入教学体系，同时注重于实践相结合，与项目相结合，与市场相结合，取得了显著成效。被誉为"昆曲王子"的著名

上海戏剧学院的领导与师生们

园林实景版《牡丹亭》剧照

上海戏剧学院学生的演出

演员张军，是艺术管理方向的 MFA 之一。作为昆曲演员，他早已声名远扬，但艺术管理对他来说却完全是一方新领域。在导师孙福良教授的指导下，张军的才能在这一领域逐渐显露，且越来越得心应手。2008 年 5 月，张军的毕业作品在上海大剧院亮相了。这一回，他不是作为演员站在观众面前，而是有了一个全新的身份——策划与制作人。就是以这样一个身份，张军策划并运作了《游园惊梦·于丹讲昆曲》这一项目。那一天，虽然张军没有唱戏，但站在幕后的他光彩却不逊于舞台上。两年后，已经有了独立工作室的张军，与谭盾共同担任制作人，推出了园林实景版的《牡丹亭》，并在其中主演柳梦梅。孙福良教授特意前往位于青浦朱家角的课植园，观摩了'弟子'的演出。演出结束后，张军深有感触地对导师说，如果

自己没有接受创意产业理念，就不可能有今天的实践，自己也不可能会有如此多的创意。

◆ 热情服务于社会

创意学院的成立与建设，是因为敏锐地捕捉到了时代的脉动，因此它不可能藏于深闺，而必然投身于社会发展的大潮中。近年来，创意学院多次参与举办国际性的创意产业论坛，其中联合国全球创意产业研讨会就是浓墨重彩的一笔。力求以创意产业推动全球均衡发展的联合国相关组织与创意学院共同举办这次会议并非偶然。在联合国的创意产业路线图里，创意人才培养居于重要地位，而中国创意产业刚刚崛起时就有创意学院进入到创意产业发展体系中，无疑令他们兴奋。今天，活跃于上海乃至长三角地区的上海市创意产业协会，也有创意学院的贡献。2005 年 8 月，上戏创意学院与上海社会科学院、上海实业（集团）与上海文广集团共同发起成立了上海市创意产业协会。这一举措，既有力地推动了上海创意产业的发展，也为创意学院自身搭建了产学研一体化平台。借助协会资源，创意学院学生经常能参与到创意园区活动以及创意项目实践，这一没有围墙的"第二课堂"让他们随时触摸着创意，处处与创意同行。

剧组为演出留影

复旦大学上海视觉艺术学院

中国视觉艺术创意的象牙塔

日月光华,旦复旦兮。复旦大学这所百年名校,在培养人才、创新科技、传承文明、服务社会方面为国家作出了突出贡献。"博学而笃志,切问而近思"的校训和"文明、健康、团结、奋发"的校风,使复旦人力行"刻苦、严谨、求实、创新"的学风,在培养各类社会所需人才方面,不断创新教育机制,为社会输送紧缺人才。

顺应时代潮流　引领视觉艺术

知道复旦大学视觉艺术学院的还是从媒体对"大眼睛"的报道而起的。什么是视觉艺术?这个概念应该是非常广泛的。广义地讲,凡是可以看见的,都可以对其加以艺术设计,如服装、工艺品等等。当然,看得见的也要有规律地进行归类,从而将其提升为学科。想必复旦大学视觉艺术学院的成立从广义和普通的层面上讲就是这个意思,而从高度归类讲,她应该是响应文化艺术发展的世界潮流、时代呼声的产物。

学院虽然很年轻,于2005年9月正式揭牌成立,但其地位不可小视。她是一所经国家教育部批准,以创新体制、创新机制和创新模式成立的新型艺术类本科院校,也是上海唯一的综合视觉艺术院校。她将引领大视觉的艺术概念,构筑大视觉艺术创意的平台,孕育"忠诚、卓越、创新、和谐"的杰出艺术人才。

学校美景

复旦大学上海视觉艺术学院在成立以来，一直致力于探索贴近产业、融入社会的开放办学模式和产学合作、资源共享的人才培养模式。你要是网络搜索一下的话，复旦大学上海视觉艺术学院的社会实践新闻相当多。如：2010年有一新闻："复旦大学上海视觉艺术学院推进校企合作"，报道了复旦大学上海视觉艺术学院又新添了一个校企合作平台，上海家化企业设计中心的资深设计师和管理层精英，将以专题讲座的方式来校参与教学，同时建立校企联名工作室，参与学生的教学。

校企联合办学　创新教育体制

校企合作是近几年来媒体报道使用很频繁的一个概念，校企合作有很多形式，一是致力于产品研发和生产力转化的层面，另一个就是致力于教育。复旦大学上海视觉艺术学院的校企合作模式应该是致力于教育和教学层面。

复旦大学上海视觉艺术学院合作的企业有上海文化广播影视集团、文汇新民联合报业集团、上海精文投资有限公司、上海精文置业（集团）有限公司、上海申教投资有限公司、上海世博（集团）有限公司、中房置业股份有限公司、香港英皇公司、上海第九城市信息技术有限公司、上海盛大网络发展有限公司等共同投资创建。

其办学机制也是很有新意的。学校以国有公投为主，其他社会力量共同参与，引进现代大学制度和企业管理制度，融合了公办高校的政府支持与民办高校的灵活办学机制。

人才培养与上海文化创意产业发展相契合

"十一五"期间，上海明确了创意产业发展的重点是研发设计、建筑设计、文化传媒、咨询策划、时尚消费等五大行业。上海

创新办学模式

创意产业一直呈持续增长态势，即使在金融危机期间，创意产业也呈现了逆势增长的势头，2009年，上海创意产业总产出达3,900亿元，增加值达1,148亿元，研发设计、建筑设计、文化传媒、咨询策划、时尚消费的产业规模分别达到了566.91亿元、157.69亿元、54.56亿元、290.72亿元和79.11亿元。文化创意产业面对这样的增长势头，对创意人才的需求可见一斑。复旦大学上海视觉艺术学院的人才培养可以说是与上海文化创意产业发展相契合的。

教学模式新颖　校园凸显活力

学校下设传达设计学院、空间与工业设计学院、时尚设计学院、美术学院、数码传媒学院和传播演艺学院等六个专业学院及国际艺术交流中心、图文信息中心和实训管理中心。

学校建立以教授工作室为主体，以完全学分制为特征的教学模式。第一学年采取艺术基础平台教学，为学生提供宽基础、前沿性的必备专业素养训练；第二年根据学生的潜能、兴趣和成绩，在教师的测评和指导下，提供再次选择专业的机会；第三、四年逐步过渡到专业工作室的教学，使每个学生都享有充分的发展空间。学校师资由全职教师和国内外名誉教授、客座教授、兼职教师构成。

创新的教育机制和教学模式，使学校充满了活力和动力。学校在2009年中国漫画年会

服装造型工作室

金属材料工作室

获奖的喜悦

服装的视觉

国际交流与合作

上获得 2009 年中国最佳动漫人才培养奖。借助各种交流平台，学生们的作品也纷纷亮相，并取得了不俗的成绩。如 2009 年 12 月，由中国工业设计协会、清华大学美术学院主办，中国工业设计协会陶瓷专业设计委员会、清华大学美术学院陶瓷艺术设计系、广州市恒福茶业有限公司承办的首届"恒福杯"茶具创新设计大赛（暨第二届中国陶瓷创新设计作品展）上，时尚设计学院 2006 级工艺美术与旅游纪念品专业方向共 11 位同学参加了比赛，经过层层选拔，有 5 名同学获得六个奖项。类似的获奖不胜枚举。学生们通过走出校门，参与社会活动，使作品的创作更有灵感。

搭建交流平台　拓展活动空间

学校建立了与国际高等艺术教育界开展广泛交流与合作的国际平台。成员包括英国圣马丁艺术与设计学院、美国罗德岛设计学院、法国国立美术学院、丹麦设计学院、澳大利亚墨尔本大学维多利亚艺术学院、德国艺术学院、芬兰赫尔辛基美术设计学院、香港演艺学院、香港理工大学、日本武藏野艺术设计学院等国际知名艺术院校。为了使教育更加现代化、课程更加全面化、学生更加国际化，复旦大学上海视觉艺术学院于 2010 年 2 月，与比利时 IGI 国际宝石学院合作签署协议，共同培养行业实践型、创造型精英人才。

同济大学设计创意学院

中国创意设计师的理想王国

提起同济大学的校名，似乎总与建筑相提并论，尤其是她的城市建筑设计。确实，如果你是生活在上海这座大城市中的，无论你走到哪里，总能感受到同济大学的设计魅力：大桥、高架、高楼、隧道……而当你走在同济大学的校园中，你能迅速辨别出谁是从事设计的老师和学习设计的学生，因为他们身上有着一股与众不同的艺术气质。在这样强势学科的引领下，应着产业结构的变革，同济大学与时俱进，于是，同济大学设计创意学院（D&I）就此产生了。

顺应潮流　设计创意学院登场同济

同济大学建筑与城市规划学院早已有很大的名气，同济大学设计创意学院（D&I）就是在她的基础上成立的。如果说建筑与城市规划学院是对付"大家伙"的话，如楼房、大桥、高架路、隧道的设计，那么，设计创意学院所应付的略微要小一点，她偏向于工业设计和艺术设计。

这样的设计方向如果放在 20 世纪中后期的话，恐怕没有多大的市场。因为那时的人们只顾及于满足最基本的生存需求，按照马斯洛的需求理论来讲，人们的经济水平还没有使人们的需求上升到更高的层面。如买个

百余年的同济大学

杯子就是用来喝水的，你设计得很好看，价格很高，我想要，但没钱，那设计人的脑力劳动的价值就无法实现，那谁还有积极性去搞那玩意儿？

人们在使用杯子时，更注重杯子所蕴涵的文化艺术之美中获得精神愉悦。设计者的脑力能得到回报，以后会更有创新。这与人与家与国不都是一件好事情吗？

当然，从民族的高度可以用一句话概括："从中国制造向中国创造转变。"

这样，你就不难理解同济人的聪明了吧？更不难理解设计创意学院为何成立的缘由了。

设计提升生活品质
创新专业尽显特色

"考同济就要考设计"，这句话已经流行了几十年，反映了设计专业在全国以至世界中的名气所在。而有幸进入设计专业的学生，有喜爱这个专业的，也有想靠这个专业致富的，各种各样的想法都有，这是很可以理解的。但在进入设计创意学院后，直接就会感受到"设计提升人们的生活品质"这样的理念，当然，这样的理念与今后的收入似乎也并不矛盾。

同济大学设计创意学院下设工业设计和艺术设计两个专业。艺术设计专业还分环境艺术设计、视觉传达设计、数字媒体设计三

各国专家组成的师资力量

个方向。由于同济大学建筑与城市规划学院拥有丰富的信息资源，始终能够与世界最新的设计信息保持同步，因而，设计创意学院与建筑与城市规划学院各学系共享资源平台。各专业在学院的平台上实现资源共享，充分交叉。

开放创新的课程设置、国际化战略同盟、创新的管理体系、开放的创作支撑系统、与同济各学院的联动、品牌运作、结合上海城市发展与杨浦区区域发展等成为办学的特色。

国际知名大师　云集同济

记得在 20 世纪 80 年代，55 路公交车停靠在同济大学站时，会有几个非洲籍的留学生上车去外滩游玩。那时全车的乘客会用好奇的眼光打量着他们。"不就是皮肤黑一点吗，我和你们是一样的哦！"那些学生似乎在用眼神与人们进行着交流，而不常见到的是欧洲留学生。原因就一个字：穷！而今，当你走在同济的校园并穿梭于教学南楼和北楼的花园里时，各种肤色的学生，不同国籍的教师，

在同一幢大楼互学共勉。不同的肤色、不同的语言在同一个空间和谐融合，已司空见惯。

同济大学设计创意学院就是这样一所师资力量国际化的学院。学院聘请了约里奥·索达曼，乌韦·布鲁克纳，科拉尼，约里奥·库卡波罗等在设计教学及研究领域内有突出成就的国外教授和设计师作为荣誉教授或兼职教师，汇集了具有中国、日本、美国、德国、法国、芬兰等国设计名校的博士和硕士学位。

教师的产、学，研活动非常活跃，作品多次获得德国 IF、红点 (Red dot)、日本好设计 (Good Design) 等奖项，并参加 2008 奥运会标识系统设计、2010 世博会设计、上海南京东路步行街设计、上海科技馆室内设计等重大项目。

纸上设计　嫁接社会

设计创意学院不论是本科生还是硕士生的培养，都注重"创新型、实践型、综合型"。如本科教学强调理论与实践并重，基础阶段为共同平台教学：训练设计必备的形态创造

国际交流与合作

能力、设计表达能力与制图、模型制作等动手能力。中间阶段学生可以选择不同的设计方向，逐步形成自己的设计观念，提升专业设计和合理创新的能力。最后一年由综合设计实践和毕业设计组成，拓展学生的视野，进一步培养和提高学生独立开展设计工作和团队合作的能力，为今后的职业生涯做准备。

研究生教学的重点在于培养学生理论性、概念性、研究性的思维方式并掌握和应用跨学科的知识和技能。通过学位课程和非学位课程的学习，从理论与实践两方面强化学生的设计能力、批判思考能力、理论与研究能力以及对艺术设计学科自身发展进行探索的能力。

常常在社会上流传着这样一句话："同济的老师就是老板。"这是有点误会了。应该是同济的学生跟着老师做项目的机会比较多，尤其是设计专业。研究生参加由教授领衔的研究团队，常常深入社会，与市场近距离接触，从而练就了社会实践的本领。

教学资源丰富　学术交流前沿

学院拥有产品造型、木工、金工、数字媒体技术等多个实验室。在这里，学生与材料对话，亲手实现自己的作品，先进的BACO虚拟现实系统。Polhemus三维扫描仪，SGI专业工作站和ALIAs软件，使得世界水平的产品生成设计和虚拟现实设计成为可能。

作为CUMULUS（国际艺术、设计与媒体院校联盟）的会员单位，同济大学设计创意学院与世界著名设计院校建立了广泛的学术合作与交流。这些设计院校包括美国艺术中心设计学院、加州艺术学院、伊利诺设计学院、意大利米兰理工大学、意大利都灵理工大学、芬兰赫尔辛基设计大学、瑞典国立艺术和设计学院、丹麦设计学院、法国巴黎国立装饰艺术学院、法国圣代田设计学院、英国皇家艺术学院、英国布鲁奈尔大学、英国邓迪大学、日本千叶大学、荷兰乌德勒支设计学院、鹿特丹大学德库宁学院、澳大利亚墨尔本大学、

便携式人机键盘设计

悉尼科技大学、瑞士巴塞尔设计学院以及德国包豪斯魏玛大学等世界著名设计学院。

　　同济大学设计创意学院通过与国内外著名设计院校在全球化背景下的学术合作与交流，以及立足本土的积极社会实践，使学科保持了前沿性和很高的国际学术声誉。2006年末，根据美国《商业周刊》的调查，同济艺术设计跻身60个全球最佳设计学院及课程之列。

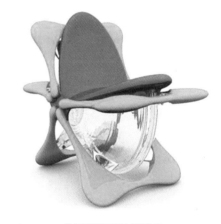

意大利米兰双年展参赛作品

产学研活跃　师生作品屡获奖项

　　设计创意学院学生作品也曾屡屡获奖，如多次参加意大利米兰国际家具展、威尼斯双年展——建筑展、北美国际汽车展、上海双年展国际学生展等国内外高水平设计展会，并在杜邦设计竞赛、德国博朗设计竞赛、诺基亚设计竞赛、CUMULUS国际设计竞赛等赛事中频获最高奖，赢得了广泛的肯定与好评。

东华大学服装艺术设计学院
中国服装艺术设计的殿堂

中国服装历史悠久，远至汉、唐时代，影响波及近邻的日本和朝鲜，近至20世纪初盛行于中国的旗袍和中山装，几乎成为中国的代名词和文化的主要元素，使至今来中国旅游的外国友人也念念不忘带点"元素"回国炫耀一把。中国人的服装设计在世界上也有过一席之地。由于历史的原因，这一席之地几近殆尽。随着国民经济的发展，人们对服饰的需求倍增，历来以服装设计著称的东华大学能否重振中国服装业雄风，我们似乎已经寻找到了答案。

东华大学＝服装设计

一提起上海的东华大学，老上海会想起她的前身是中国纺织大学，甚或更早的华东纺织工学院，年轻人则会联想起她的品牌特征——服装设计。

坐落在上海这座充满魅力的国际大都市西部的东华大学，与上海城市的改革开放同步，在20多年的发展历程上，这个原先只是以培养服装设计人才为主的单学科专业，已发展成为培养服装工程、艺术设计各类专业人才的摇篮，拥有学士、硕士、博士三级学位授予权的权威教学机构。

环境优雅的校园

学生的创造力与教学模式

中国在服装设计领域并未占领行业制高点。当国人在内部消耗体力和脑力的时候，国外服装设计行业发展迅速，法国、英国、日本甚至韩国，成为引领世界时装潮流的主要国家。中国要在短时间内超越强大对手似乎很难，而东华大学服装艺术设计学院则在其发展的历程上，以其创新的教学模式为国家培养了大量的服装设计人才，在服装设计领域逐渐走强。

这一创新的教学模式就是走国际化的教学路线。这不是崇洋媚外，而是在学习和引进国际先进办学理念与方法的同时，实现国际化人才培养的战略目标。学院先后与香港理工大学、日本文化服装学院、意大利欧洲设计学院、美国纽约时装学院、英国伦敦时装学院、英国曼彻斯特城市大学、德国汉堡传媒学院、韩国建国大学、荷兰鹿特丹德库宁艺术学院、韩国启明大学、澳大利亚新南威尔士大学等13所著名院校建立了合作关系，为培养具有国际视野的优秀本土人才，走出了具有东华特色的国际合作之路。

学院还邀请国外的教授、设计师举办讲座，参与课程教学。目前学院聘请的国际顾问教授包括伊曼纽尔·恩格罗（Emanuel Ungaro）、丹尼尔·崔部亚（Daniel Tribouillard）、索尼亚·里基尔（Sonia Rykiel）、奥里维埃·拉比杜斯（Oliver Lapidus）、米索尼（Missoni）等。创意大师们给学院的"创造力"教学带来了国际化的思维和全新的设计理念。

学以致用　快速融入社会

设计教育社会化，意味着打开教室大门，让学生走出教室，走进社会。一来，让学生从社会中寻找设计灵感，培养其娴熟的技艺，二来，锻造学生的市场开拓能力。

学院连续 13 年承办上海国际服装文化节国际服装论坛，连续 5 年主办"长宁·东华时尚周"，为学生搭建与国际、国内服装艺术院校师生学习和交流的平台，这些论坛和时尚活动，已经成为学生第二课堂教学的重要环节。学生在专业展览、时装发布和全国性专业比赛、国际性讲座中的收获，达到超过了课堂中学到的知识。

学院努力拓展校企之间、校际之间、高校与科研单位、高校与政府部门之间的联系与合作。与服装业"双百强"前十名中的雅戈尔集团、荣织华集团、报喜鸟集团、海澜集团、波司登集团等均签订合作协议，建立了教学实习基地。

磨练于科研基地　就业率前列

如此多的教学科研实践基地，在东华，不想成为设计师也很难。如敦煌吐鲁番学会染织服饰专业委员会、上海纺织服饰博物馆、韩国古代服饰研究中心、中韩服饰交流研究中心、敦煌服饰研究中心、东华—施华洛世

施华洛世奇创意设计中心

259

毕业作品展海报

奇创意设计中心、服装研究中心、服饰设计信息交流中心、功能防护服装研究中心、服装人体工学研究所、服装CAD研究中心、环境艺术研究中心、国际视觉艺术创意研究中心、东华大学—伊泰莲娜装饰造型研究中心、东华大学—雅戈尔男装研究中心等教学科研基地。

这种开放型的人才培养，使学生的就业率始终处在前列。

与长宁共舞　打造环东华时尚集聚区

长宁区决定将时尚创意产业作为长宁区产业结构调整、转变经济增长方式的重要举措。而其主要依托东华大学服装设计的知识溢出，打造环东华时尚创意产业集聚区，推动东虹桥国际贸易中心的建设，形成上海国际时尚创意产业新高地。

按照发展规划，长宁区时尚创意产业发展重点以服装服饰业为核心，积极发展珠宝首饰、鞋帽和皮具业、钟表眼镜、化妆品等产业，带动会展旅游、信息服务、传媒广告、形象设计、模特演艺、休闲娱乐等相关服务业发展。培育并引进知名企业和著名品牌，发展高端、精品以及高附加值的产品。

环东华时尚创意产业形态，是通过环东华时尚创意核心区的知识、人才、产业辐射和溢出效应，结合周边服装服饰等时尚产业业态调整和提升，推动形成一轴双核三带四片区的环东华时尚创意产业集聚区。一轴为

上海纺织服饰博物馆

凯旋路时尚发展轴；双核包含东华大学时尚创意核及东虹桥时尚贸易核；三带为苏州河沿线时尚体验带、天山路延安路时尚消费带、虹桥路新华路时尚文化带；四片区为环东华时尚创意区、中山公园时尚数码区、凯桥绿地时尚商务区、新十钢时尚休闲区。

东华大学服装艺术设计学院又将迎来新一轮的发展。

服装设计毕业作品

中国浦东干部学院
"加油站"的红色和创意

题目中"红色"涵义一看明了，而对"创意"，就有点诧异了：干部培训也需植入"创意"要素吗？

生态的校园　红色书案的建筑

在没有去过中国浦东干部学院的人，会很自然地认为，不就是一所"干部学院"吗？应该是很死板、很老套的哦，还谈"创意"！这种想法也很正常，一些百姓对"干部"的看法还是抱有老观念，老观念中的校园理所当然地与"古板"、"刻板"联系在一起。

在去过中国浦东干部学院后，这些人换了想法了：原来校园没想象中的那么古板，

景色赛过浦东世纪公园！她很大，又很漂亮。校园的草地像是铺了一层绿色地毯，太养眼了；树林用绿色装扮着校园，不时引来各种飞禽栖息；人工湖中自顾自戏水的一群鸭子、草坪上孤芳自赏的孔雀，那种怡然自得，让人顿感远离喧嚣的宁静。建筑的设计也令人顿感创意的跃然！教学大楼宽敞的设计，使车子可以从楼底一直开到二楼教室门口。

这是法国安东尼·贝叙建筑设计事务所的杰作，还在法国国际建筑学院建筑设计比赛中评为"2006年度国际建筑大奖"。中国浦东干部学院别具一格的优美校园环境得益于安东尼·贝叙建筑设计事务所的富有想象力的设计，堪称为东西方文化交相辉映的经典

中国浦东干部学院"启航"雕塑

之作，以红色书案为特征的主体建筑为充满生机的上海增添了无限的活力。

红色"加油站" 干部教育新格局

这是一所为全国中高级领导干部充电的红色"加油站"，成立于2005年初春。由中共中央政治局委员、中央书记处书记、中组部部长李源潮同志任院长，中共上海市委副书记殷一璀同志任第一副院长，冯俊同志任常务副院长。

在上海浦东这块激情四溢、充满希望的土地上建设中国浦东干部学院，是党中央从推进中国特色社会主义伟大事业和党的建设新的伟

大工程全局出发作出的一项重大决策。中国浦东、井冈山、延安干部学院的建成，为干部教育培训提供了重要基地，对于继承和发扬党的优良传统和作风、提高领导干部领导社会主义现代化建设的本领，对于加强党的执政能力建设和先进性建设，具有重要作用。

遵循"实事求是、与时俱进、艰苦奋斗、执政为民"的办学要求，本着"忠诚教育、能力培养、行为训练"的培训理念，中国浦东干部学院正在建设成为进行革命传统教育和基本国情教育的基地、提高领导干部素质和本领的熔炉以及开展国际培训交流合作的窗口，在中国干部教育培训新格局中发挥应有的作用。

经过数年的探索与创新，艰辛与努力，

上海创意产业管理人才培训班开班仪式

浦东干部学院围绕中心、服务大局，按照"为党的中心任务服务、为科学发展服务、为干部健康成长服务"的要求，开展对高中级领导干部的培训，培训的质量和效果得到广泛好评，为大规模培训干部、大幅度提高干部素质发挥了重要作用。

"浦东模式" 扎于国内外土壤的教学模式

浦东干部学院在实践中积极探索干部教育的新途径、新方法，形成"专题讲授、现场教学、互动研讨"三位一体教学方式。在此基础上，以推进案例教学为突破口，不断探索新的教学方式，以适应现代干部教育培训发展的需要。目前，已开发了"突发危机事件的新闻处置与预案设计"、"瓮安事件危机处置"等57门案例课程；与人民网等机构合作开展"全国基层党建创新典型案例征集活动"；与英国雷丁大学恒睿商学院合作开发"中国政府在四川抗震救灾中的决策与作用"等案例。

为把长三角地区丰富的实践资源转化为学院的研究和教学资源，学院与昆山市委、市政府合作，成立中国浦东干部学院昆山分院和长江三角洲研究院，在组织好现场教学的同时，通过课题招投标、驻院研究、重大项目协同研究、购买服务等方式，广泛整合国内外力量开展教学研究工作。目前，长三角研究院已公开招标研究课题，2010年1月成功举办了"中浦长三角高层论坛"。学院依托长三角地区资源，开设了近千门课程，开发了152个现场教学基地和现场教学点，把改革开放的现场变成课堂，把经验变成教材，把实践者变成教员，有力地保证了教学需要。

学院还开展对外交流与合作，与新加坡公共服务学院、英国牛津大学等国外大学和社会培训机构累计签订32项交流合作协议。成功举办"中国—新加坡领导人才培养与选拔"、"国际领导论坛"等一系列国际活动。邀请一批国外政要、跨国公司高管、著名专家学者来学院访问或参与教学活动。国际课程占到主体班次讲座课程的10%以上。学院积极稳妥地开展对外国官员的培训，成功举办了"非洲国家开发区建设研修班"、"澳大利亚高级公务员班"、"俄罗斯联邦政府高级官员研修班"、"欧盟委员会理解中国培训班"、越南厅局级以上官员"城市管理"、"党的建设"培训班等专题培训项目，加深了外籍学员对中国社会主义现代化建设成就的理解和对中国发展道路的认同。由于在涉外培训上的出色成绩，学院被确定为国家首批五家涉外培训

示范基地之一。为更好地促进国际课程开发和海外培训项目的开展，学院成立了"国际课程和海外培训开发中心"。

信息化是现代化的一个重要标志，以信息化为支撑的实验性教学是学院教学创新的亮点和重要特色。学院建成"一点通"、"一号通"、"一卡通"信息基础应用平台，开通了"干部网络学习在线"、电子院务、教务管理、教学资源信息管理等系统，为教学和管理提供了有力支撑。学院以"干部网络学习在线"为基础，打造面向全国、服务基层的干部网络教育平台。学院依托先进的信息基础设施，借鉴自然科学的实验方法，建设了媒体沟通情景模拟室、领导心理调适实验室、危机管理情景模拟室、金融交易实验室和新华08金融实验室等教学实验室，孵化开发了一系列实验性课程，情景模拟课程成为学院教学创新的一大亮点，得到参训学员、相关领导及国外政要的高度评价。

与时俱进　创意教育呈亮点

面对加快我国经济发展方式转变和促进科学发展的历史性任务，中国浦东干部学院从成立之初，就十分注重有针对性地将创意产业和创意经济相关课程纳入干部教育培训范畴，并成立了创意产业研究中心。全国每年有超过2,000人次的政府官员可在学院接受创意产业、创意经济方面的课程培训，同时有机会到上海众多创意产业园区内进行参观考察，及时掌握第一手资料。

近年来，中国浦东干部学院与M50等创意园区签订了现场教学合作协议，围绕"产业结构调整与创意产业发展"、"上海创意产业园区的建设与发展"、"创意产业的兴起与发展"等主题，深入剖析并生动展示上海创意产业兴起的必然性以及如何在创意产业的发展中，实现城市历史文化资源的保护性开发与利用。

至今，M50创意园已经进行现场教学班次40余场次，累计学员人数2,000余名。通过现场教学展示上海产业结构调整的效果，制造企业从城市中心搬迁后重点发展现代服务业；展示新兴产业发展，尤其是创意产业在上海的兴起与发展的情况；展示上海在城市建设与规划中，介绍如何保护性的开发和利用老建筑。

第四篇

创意企业　魅力与特色

创意产业将成为上海市新的支柱产业,未来 5 年内,上海市将引进和培育 100 个设计领军企业,培养和引进 100 位具有国际高端影响力的设计大师。

从上海创意产业发展的蓝图中,你是否能够体悟出创意企业在其中扮演的重要角色?上海创意产业发展的成果离不开创意企业,上海创意产业的未来,更离不开创意企业。上海的创意企业,装配了科技创新和文化创意的双引擎,将进入上海新一轮经济发展的轨道。这些企业,虽然从其运作规模、人员规模和空间规模上,与传统企业的"大而全"无法比拟,但这些创意企业非常了解文化创意和科技创新这两大要素在企业持续发展中的重要作用;虽然目前这些企业还无法与所谓的"500 强"相 PK,但你千万不能小觑,未来 500 强中可能会有它们的一席之地。让我们来领略一下它们的风采!

蓬勃发展的企业

创意设计

造就康泰伟业

　　2008年，一场突如其来的金融危机席卷全球，金融业受到严重冲击，中国的外贸型企业陷入困境，不少企业经营艰难甚至倒闭。康泰上海公司总部——山东康泰实业有限公司，一家专门生产按摩椅的龙头企业，却顶住了风暴的袭击，逆势而上，实现了企业健康稳步的发展。人们不禁想问，这究竟是怎样的企业，它又是凭借什么力量做到这些的呢？它的按摩椅到底有什么"魔力"？

远见卓识助成功　一流产品获好评

　　20年前，按摩椅还未走进老百姓生活中，但具有远见卓识的康泰人却率先引进日本松下公司技术，生产出了中国国内第一台真正意义上的按摩椅，从而引领了中国按摩保健器材行业的发展，并由此将新的保健养生概念植入于中国人的生活方式中。20年来康泰始终以"诚信、创新、责任、共赢"为经营理念，以"奉献一流保健产品，造福人类健康事业"为使命，坚持"有德才有得，有为才有位"的企业文化，迅速发展成为同行业的龙头企业。

　　目前，康泰实业有限公司已经发展成为拥有4.2亿元资产的集科工贸于一体的股份制企业，总部位于中国金都—山东省招远市境内。占地面积22万平方米，建筑面积12万平方米，拥有员工1,100人，其中工程技

康泰简洁有创意的LOGO

术人员120人，质量品管人员135人，按摩椅年产规模达到18万台，年营业额达到10.5亿元，在国内同行业中一直处于领先地位。此外，康泰还在日本滋贺设立了康泰事务所，长期与日本松下公司合作，是松下按摩椅在中国最大的加工基地。在北京成立了北京康泰威尔科技有限公司，在上海发展了上海泉康健身器材有限公司，在烟台注册了山东康泰烟台分公司，与韩国车西斯公司成立了山东康泰车西斯汽车零部件有限公司，并在上海市北高新区设立了一个外贸处，为公司的对外发展起到了举足轻重的作用。

为了满足不同人群的需求，康泰先后推出了三大系列300多种产品：一是以按摩椅为主导的按摩保健健身系列产品；二是以汽车座椅骨架为主导的汽车零部件系列产品；三是自动化仪表和五金门类系列产品。康泰产品的最大特色就是集人性化与科技化为一体，例如为国内首创的06型3D按摩机芯，该机芯能实现人体背部自动检测，根据人体身高、肩宽确定按摩行程并自动实现对腰颈肩部位深入贴切的三维立体按摩。国际首创的RK-6101按摩椅的自动升降式手臂按摩器，可从扶手中自动升起，不按摩时自动下降，

隐藏于扶手中，腿脚部按摩器能够检测腿部长度并自动伸缩，适合不同身高腿长的人使用，同时还具有脚部自动扭摆功能，能有效缓解脚踝疲劳，是目前国际上最先进的腿脚部按摩器。

企业要发展，产品是基础，创新是关键。好的产品不仅要有质量的保证，更需要不断开拓创新、攻坚克难、以满足消费者需求为己任。康泰正是秉承着这样的原则，赢得了消费者的认可，才能在市场竞争的狂潮中激流勇进，不断前行。

丰富多彩的企业文化活动

科技创新　文化创意　双引擎助推企业发展

生产按摩椅的厂家在中国可谓是多如牛毛，但能生产出既含高新技术、又植入中华传统医学文化元素的按摩椅厂家却是凤毛麟角。

引领时尚生活、奉献高端精品 RK6101 按摩椅

康泰正是由于借助科技创新和文化创意的两个重要元素，才使传统意义上的按摩椅产品不断升级为高科技产品，并与创意产业相融合。

康泰自 20 世纪 80 年代引进日本松下技术，完成了国内第一台按摩椅的研发上市，成为中国按摩椅的开山鼻祖；通过 20 年时间先后完成了简单按摩、普通按摩和全功能智能按摩的三个发展阶段。目前，敢为人先的康泰人，正在将按摩椅推向中医按摩机器人的高级阶段。2009 年，成功成为国家 863 计划项目——中医按摩机器人实施单位。

什么是"中医按摩机器人"？说得简单点，就是运用高科技手段，使按摩机器人能自动运用中华医学的知识（主要是人体穴位知识），运用不同的手法，为人们的健康养生服务。这样的机器人应该与上海世博会日本展馆中"会拉小提琴的机器人"有一比。

康泰人在研发方面经常"高攀"，自成为科技部制定的国家"863 计划"《中医按摩机器人》项目的重点实施单位后，康泰先后与清华大学、北京大学、北京航空航天大学、山东建筑大学机器人研究所和山东中医药大学附属医院联合研发。中医按摩机器人是一个崭新的领域，集按摩医学、机械学、机械力学、计算机图形学、机器人学等诸多学科为一体。没有足够胆量的企业是万万不敢涉入这一"高地"，而康泰人却凭借高端的技术水平和过人的胆识成功地占领了这一高地。

正是因为康泰的"高攀"和"胆识"，近年来，康泰获得省部级发明奖、科技进步奖、星火计划奖共 11 项，地市级科技奖 3 项。并先后承担多项国家"星火计划"、"火炬计划"和"中小企业技术创新计划"，获国家专利 203 项，其中发明专利 8 项，获美国发明专利 1 项。其中 200810238491.8 三维按摩机、200910017451.5 按摩椅的前臂按摩装置、200910017517.0 腿脚部指压按摩装置三项专利填补按摩椅行业空白，处国际领先水平。

随着社会压力的增加和工作生活节奏的加快，全球 70% 的成年人处于亚健康状态，并逐渐向年轻人群转移。而健康是人类的根本，是长寿的基础。针对这一现象，康泰人在产品设计方面动足了脑筋，人性化的设计体现在产品的各种细节上。

如运用人机工程学原理，对座部宽度、深度和倾斜角度以及扶手相对于座面的高度进行优化设计。零重力按摩椅设有零重力一键设定功能，轻轻一按就可以使椅子自动达到零重力状态，带给您悬浮太空的感觉，可以促进血液循环、增强记忆力、缓解精神紧张、心脏压力及肌肉疼痛。椅子后背、座部与腿脚部采用3根电动撑杆，任意调整角度。足部可在18cm内自动伸缩调节，以满足不同身高的需要，更具人性化。中华传统的医学元素也被植入了产品中。对按摩手法操作的过程进行动态的载体力学测量，并采用运动捕抓系统对手法操作过程中运动力学参数及运动轨迹进行动态测量，从而系统全面地对手法的作用力、作用时间、频率、幅度、作用方向及运动轨迹等手法动作特点要素进行力学量化及分析，达到按摩舒适到位、疗效显著的目的。

具有创新精神的康泰人

正是这种采用了世界领先的技术，同时又融合了中华医学传统文化的创意，构成了企业前进的双引擎，持续强劲的动力保障一定会使得康泰今后的发展道路走得更高、更远！

耕耘二十载硕果累累　回馈社会不忘责任

优质的产品，良好的口碑为康泰公司赢得了一系列的社会荣誉，2010年康泰被评为全国按摩器材行业放心消费联盟品牌，上海市创意产业协会常务理事单位，成为上海世博会主题馆按摩椅独家赞助商；2009年先后被选为山东省消费者满意单位、十一届全运会运动员专用按摩椅；2008年跻身中国按摩器具出口五强企业；2007年获得青岛海关AA企业、国家级重点高新技术企业的称号；2006年被评为中国农行AAA信誉企业、获得山东省文明单位等荣誉称号。

康泰深知自己的成功离不开社会各界的大力支持，为此康泰坚持用自己的实际行动回馈社会，多年来始终如一。康泰积极参与国家体育事业的发展，2009年以各种形式赞助了第11届全运会，2004年海啸灾害、2008年汶川大地震、2010年玉树大地震，康泰人心系灾区人民，为灾区捐款捐物；近年来，康泰积极响应政府号召，包村扶贫、为当地贫困村修路方面作出很大贡献；同时，康泰积极倡导并身体力行环境保护，投入大量资金引进先进的环保设备，严格按照环境、健康和安全标准生产，

全国政协副主席、上海市创意产业协会会长厉无畏为董事长康炳元授荣誉证书

并且每年参与植树造林活动，美化环境。公司于 1999 年率先通过了 ISO9002 质量体系认证，并于 2003 年通过了 ISO9001：2000 版质量体系认证，2004 年通过了 TS16949 汽车行业质量体系认证；按摩椅产品还通过了 CE 认证、GS 认证、ETL 认证和 ROHS 认证。2007 年，公司又通过了质量／环境／职业健康安全三体系整合认证。

山东康泰实业有限公司以一颗无私奉献的赤诚之心投身公益事业，换来的是大众对康泰品牌形象的认可，在社会大众的心目中，康泰就是一个履行社会责任、备受尊敬的品牌形象，品牌美誉度提高，因而发展的机会更多，成长的空间更大。

扩展营销渠道　康泰步向新未来

康泰旗下产品——荣康按摩椅主要采取通过全国各地区域代理，在商场、专卖店销售的方式，目前已有 260 家代理商和 800 多个网点。近年来，还发展了汽车 4S 店、高档会所、电视购物、网上直销、团购等多种销售方式，由过去单一的商场销售的传统模式转变为多元化经营，扩大了康泰的市场影响力。

多年来，康泰始终坚持"诚信守约、顾客为本、控制有效、持续改进"的质量方针，使产品享誉海内外。产品在国内畅销的同时，国外市场开发也取得了骄人的业绩，远销美洲、欧洲、中东、东南亚、非洲等 60 多个国家和地区，得到了中外客户的一致好评。山东康泰将继续坚持以人为本、锐意创新、文化兴企战略，到 2012 年把按摩保健产品发展成为中国的行业龙头地位，跻身世界前五强，为造福人类健康事业作出新的更大的贡献。

康泰力争在三年内，将"荣康"按摩椅打造成国际一流，中国第一品牌，相信秉承着踏实的作风和不断创新的精神，借着世博会的东风，康泰定能抓住机遇，勇往直前。

城市动漫

创新动漫产业发展模式

动漫是文化创意产业的重要行业，近年来，我国及上海动漫产业发展迅速，涌现出一批优秀的动漫企业和动漫作品。如何发展动漫产业使这种偶然变成常态？在黄浦江畔，上海城市动漫出版传媒有限公司是最成功的动漫公司之一，走出了一条"原创＋版权＋渠道"的创新商业模式，带动了上海动漫产业的发展。

完善产业链　建设综合运营平台

上海城市动漫出版传媒有限公司（原上海城市动画有限公司），成立于 2005 年 6 月，隶属于文汇新民联合报业集团，属于国有大型动

充满中国元素的公司一角

献给上海世博的《海宝来了》动画片剧照

漫产业综合经营公司。2008 年初，中共上海市委宣传部旗下的文化产业投资机构——上海东方惠金文化产业投资有限公司注资 1,000 万元，实现了上海宣传系统动漫优势资源的战略重组。上海城市动漫在动漫原创、内容集成、影视制作、商业开发、品牌活动、团队建设、国际合作等领域取得了较为突出的业绩，现公司主营业务有内容制作、出版业务、销售发行与形象授权等，成为上海动漫产业骨干企业，并发展成为上海动漫产业综合运营平台。

增强创新力　探索动漫商业模式

上海城市动漫以打造动漫品牌与塑造品牌形象为核心价值，以"原创＋版权＋渠道"——创新商业模式为核心，不断强化原创能力，加快版权集成，打造渠道优势，逐步探索出了一条与上海文化地位相匹配的、与上海城市特点相吻合的独特的企业发展之路。

敏锐的嗅觉　提升捕捉市场机遇的能力

上海城市动漫紧紧抓住世博会的机遇，以"海宝"为主要品牌形象，开发动画片、动漫图书以及戏剧等，提升原创能力。

208 集《海宝来了》系列动画片将故事情节与各国场馆中的科技创新及文化特色相结合，既有科幻的、绚烂的精彩画面，又融合了世博各场馆的文化内容，完美演绎了"城市，让生活更美好"这一主题，日益受到众多青少年观众的追捧。

100 余种"海宝"系列图书涵盖童话、漫画、小说、科普等不同体裁，包括知识性、互动性、实用性、指南类等不同功能的读物，力求以图文结合为表现形式，持续开发"海宝"优势品牌形象，着重打造适合青少年阅读的动漫图书。

多媒体剧《海宝来了》以"海宝"为主角，充分利用船坞特殊环境，以激光技术和投影影像融合真人表演的方式，由"海宝"带领大人和孩子一起畅游未来城市，在时空跳跃和场景变幻的互动演绎中，全方位展示本届世博会对人类未来美好生活的追求和探索。

杂技音乐剧《课间好时光》以中国传统杂技与现代音乐相融合为艺术表现方式，源自中学生课间发生的鲜活、有趣的故事，用诙谐幽默的方式展现中学生的想法，充分反映原生态的校园生活，以孩子们的角度演绎世博精神。

深度挖掘　产业链价值凸显

上海城市动漫积极探索版权价值的充分开发，已形成一套完善的模式，包括图书出版、音像出版、衍生品授权、播映权转让等系列方式。

图书出版业务主要包括海宝系列图书出版、儿童原创绘本出版、白领原创绘本出版及儿童引进图书出版，围绕年轻化受众的需求热点，已经完成200余种的少儿、动漫图书选题策划，选题申报与书号申请等业务稳步开展并迅速提升。

音像出版业务依托图书出版积累的资源优势和成功经验，积极培育和开发独具特色的音像出版品牌，已经完成《海宝来了》、《少林海宝》两个系列的音像出版。公司积极开拓与传播媒体、制作单位及专业机构的合作出版业务，如中央电视台、东方卫视、南方电视台、迪士尼。

衍生品授权运营以动漫内容和动漫形象管理为核心，在坚持动漫形象原创开发的同时，积极培育和推广动漫品牌，寻求各类动漫项目的开发合作。公司已和国内40多家动漫衍生品企业建立合作联系，即将推出200多种各类《海宝来了》同名系列图书、手机游戏、儿童网络社区、文体用品、玩具、生活用品等动漫系列衍生产品。

城市动漫将播映权转让作为最直接的形象授权方式，积极推广公司动漫品牌的知名度与影响力，探索新型品牌战略联盟构建模式，打造独具城市动漫特色的影视动画播映

产业链。公司已经建立起覆盖全国350个电视台的动画、影视播映权合作网络。

海宝博阅中国系列——封　海宝传奇封面　　世博知识难不倒封面
面之一

全面出击　将创意产业链进行到底

上海城市动漫以多渠道的创新营销为发展核心，形成了农家书屋、馆配发行、连锁发行与影视发行等多渠道发行体系。

城市动漫立足农村文化需求特点，积极挖掘农家书屋的图书发行主渠道作用，以传播先进文化、普及创新知识、体现人文关怀为目标，不断开拓以内容为中心、整合优势资源、强化产品特色的农村大发行新局面。截至2010年6月，公司农家书屋销售发行网络已经覆盖19个省份，得到国内众多优质出版社独家委托竞标，近300个品种图书进入省级书目，形成强势的销售发行规模。

上海城市动漫图书馆发行网络在丰富出版产品信息量的同时，积极调研各种类型图书

公司领导参加上海市创意产业协会的授证签约仪式

馆的需求特点，注重产品的系统化推介方式，着力打造图书大规模营销的专有渠道。公司图书馆发行网络已经覆盖至江苏、浙江等20个省级、地级图书馆，并致力于挖掘开辟学校、教育系统馆配业务。

上海城市动漫已经建立起以上海为中心，覆盖江苏、浙江、广东的连锁发行体系。公司连锁发行网络已经拥有直营连锁书店20余家，并在完善连锁超市、大卖场图书通道、白领书柜等销售渠道的基础之上，逐步介入常规的新华书店、民营书店等主渠道，全力打造国内最大的少儿、动漫图书连锁销售发行平台。

上海城市动漫全力打造由电视台、影院、网络、手机、报纸及杂志等媒体所构建的大规模的影视发行网络，拥有专业化、持续化、规模化的影视发行推广渠道及行业资源。公司成功运营发行了品牌影视剧《海宝来了》、《课间好时光》以及品牌栏目《小神龙俱乐部》等。

提升服务力　致力承担社会责任

本着对社会的责任心和奉献精神，上海城市动漫致力于社会公益事业，积极参与涉及地方发展、产业规划、行业发展、少儿教育、慈善事业、农村发展等多项社会活动，并作为上海市创意产业协会的会员单位，为上海创意产业的发展出谋划策。

上海城市动漫已经连续多年为政府主管部门、国际研究机构制作发布《中国动漫产业年度研究报告》，并主导制定了国内多个城市的动漫产业发展规划，为动漫创意产业发展提供智力支持。围绕打造上海动漫产业高地发展目标，上海城市动漫相继举办了"2006上海动漫展"、"2006长三角动漫产业论坛"、"2008上海动漫娱乐展"等。积极投身于少儿教育实践，引进大型儿童分级读物系列《彩香蕉》，全力打造少儿真人秀节目《迪士尼公主梦幻世界》，使孩子们畅游在世界文化知识海洋中，在欢乐中收获成长实现梦想。持续关注农村文化需求与教育事业，通过对农村学校的实地考察，多方位了解农村文化生态，确定了传播先进文化、普及创新知识、体现人文关怀的服务农村的发展目标，借助农家书屋服务农村文化与教育事业。

2008上海动漫娱乐展

营销创意

子墨借世博传播中华文化

让中国走向世界，让世界了解中国，文化传播是最重要的桥梁。茶文化和汉语文化是中华文化传播内容的精髓，子墨集团秉承传播中华文化的理念，利用世博会的机遇，通过创意让外国人坐下来喝着茶学汉语，从而了解中华文化。

以传播中华文化为理念

子墨集团创始于 2003 年，"子"是代表诸子百家的精华，"墨"是代表有规则、大地的颜色，"子墨"的意思就是在人类这片共同的空间里有规则地传播中华文化，推动全世界走向共生共融的和谐社会。

目前，子墨集团拥有香港汇联国际控股有限公司、上海子墨国际文化传播有限公司、杭州子鑫房地产开发有限公司、杭州花市管理有限公司、浙江子墨农产品服务贸易中心、上海子墨园林艺术有限公司、上海子墨教育进修学校等 7 家全资子公司。经营业务涉及现代农林业服务贸易和物流，教育培训，文化传播，商业地产等四个领域。

为实现传播中华文化的理念，子墨集团于 2006 年设立了上海子墨国际文化传播有限公司，主要从事对外汉语软件开发、中华文化传播和文化类电子商务等领域，是国际汉语教育学会理事单位。公司致力于对外汉语教学，向最广泛的外国学员推广汉语，同时

子墨集團
ZIMO GROUP

象形"中"的企业 LOGO

将中国优秀的传统文化传播到全球，增进世界人民对中国的了解和认知，为中国人民和世界人民搭建友谊之桥。公司的主要经营范围有：国际文化艺术活动策划，群众文化活动策划，广告设计，制作，代理，自有媒体发布，动漫画设计，制作销售及衍生产品开发，计算机网络技术服务，计算机软、硬件研发，设计，制作，销售，会展服务，园林盆景，工艺品销售等。拥有 1,000 余平方米的教室，同时配有先进的多媒体教学设备；在浦东陆家嘴拥有 1 万平方米可供中外友人学习、住宿和进行商务活动的"世界村"。

向世界传播汉语与茶文化

上海子墨国际文化传播有限公司为了更好地传播中华文化，在上海市创意产业协会的帮助下，向中国 2010 年上海世博会中国民营企业馆捐赠了 2,000 套"子墨国际汉语和茶文化礼品"，作为贵宾专用礼品赠送给 200 多个国家和国际组织的贵宾，得到世博会相关领导和贵宾的好评。

子墨公司的礼品极具创意，融合了汉语和茶文化，文化与产品相统一，高雅与实用相辉映。子墨大胆地将代表中国 5,000 年悠久历史文化的汉字和先进的高科技软件技术

子墨国际汉语评审会

小盒子，大创意。凝聚 2500 年历史的子墨中国六茶

结合，推出子墨国际汉语软件系列产品，将无形的创意产业化，运用多媒体和互联网技术，让全世界的汉语学习者可以不受时间和地域的限制，随时随地学中文。同时，将具有 2,500 年历史的茶叶开发成中国六茶（黑茶、白茶、红茶、黄茶、绿茶、青茶），将有形的物质创意化。

汉语软件《子墨国际汉语·常用口语》精选与世博会联系最为紧密的 10 个日常话语情境编写对话，设置了即时发音、即时翻译以及多项听说练习功能，旨在使学习者在较短的时间内，以轻松、有趣的学习方式，掌握最基本的游览世博的汉语用语。软件以中国古典文学名著《西游记》中的孙悟空为代言人，以带领外籍友人游览世博会为主题学习中文，同时配有英语、法语、俄语、西班牙语、日语、韩语、阿拉伯语七种语言的翻译，包括 400 多个词语、66 个常用句子。

内含中华文化元素的子墨汉语软件

子墨集团重视营销创新，开创了文化营销、体验营销和网络营销相结合的模式，把世博礼品的推广和中国文化的传播相结合，举办了多次公益性的知名高校汉语软件免费捐赠活动，用免费体验来推动文化传播。

子墨的默默奉献

子墨集团在推动中华文化走出国门的同时，不忘关注国家大事，时刻履行自己的社会责任。中国红十字人道救助、青海玉树地震、上海世博会等，都留下了子墨默默奉献的身影。

中城集团

向创意地产的华丽转身

![中城集团 ZHONG CHENG]

企业的 LOGO 体现了"中正立人,诚信立业"的企业文化理念

随着我国房地产开发日益成熟,市场竞争越来越激烈,一些企业逐渐把文化创意同房地产开发结合起来,实施蓝海战略,走出一条创意地产之路。创意地产是房地产业和创意产业的融合,是新型商业地产运作,以创造意义为底蕴,以经营文脉、时尚、体验为特色,资本投资和人文价值并重,主干为创意园区、创意商铺、创意办公楼,兼及创意住宅。中城联合投资集团就是其中的优秀代表。

重视企业文化　立足发展实业

在日新月异的市场经济浪潮中,始创于1997年的中城集团秉承"中正立人,诚信立业"的企业宗旨,确定"行业领先,用户至上"的经营理念。其企业文化在房地产业中,无论是"人文、舒适、精装"的住宅,"流行、时尚,大气"的商业,还是"星级、尊贵、享受"的酒店业,均凸显了其内在的文化独有内涵,塑造了人与自然高度和谐的生命人文艺术。集团掌门人陈明兴致力于将中城集团建设成为一个长久的、有规模的、以实业为根基的、且得到公众认可的优秀企业。

经过多年发展,中城集团旗下的全资和控

股内外资企业共23家，总资产近50亿元，投资领域涉及房地产、生物新材料和矿产资源。截止2010年，已在福州、厦门、武汉、攀枝花、百色、苏州、南京等城市开发的各类房地产项目面积逾400万平方米。在福州、

企业作品：花园国际

三明、苏州建有三家从事生物新材料研发生产的工业企业，均属国家发改委重点支持项目，产品主要销往境外。中城集团目前还拥有金、钒、钨、锡等属国家战略资源的六个矿产项目，预计潜在资源价值数百亿元。中城集团为了发展需要，在国际金融中心——上海成立了上海成丰股权投资管理有限公司。中城集团现正在积极与境内外多家投行、基金公司等战略投资者洽谈，计划在2012年至2015年期间实现三大产业分别在境内或境外上市。中城集团将立足房地产、生物新材料、矿产资源这三大产业，进行链式滚动发展，以实现中城集团宏伟的战略发展目标。

开发创意地产　发展创意产业

中城集团以创意地产的理念，在全国多个城市进行投资开发，产品主要涉及大型流行时尚百货、城市休闲广场、高档精品住宅、酒店式公寓、甲级写字楼、城市综合体等。中城集团开发了中城·名仕汇、中城·花桥国际社区、中城·国际广场等产品，不断创新地产开发模式，把文化、艺术、创意融入其中。

面对中国创意经济迅猛发展和经济发展方式的转变，中城集团的领导班子，近年来十分关注积极参与创意园区建设。正在筹建的"花桥中城国际创意产业园"。位于江苏花桥国际商务核心区，集文化创意、展示交易、业务培训、度假休闲等功能为一体的创意产业基地。为来自国际友好城市和港澳台及大陆创意企业、创意人士、沙龙会所、艺术机构等提供全方位服务。昆山花桥国际商务区作为上海国际性大都市的卫星商务城和江苏省唯一以现代服务业为主导产业的省级开发区，拥有30万商务和服务人口、有配套完善、

上海市创意产业协会会长厉无畏为中城集团授证并合影留念

功能齐全的服务外包基地和国家级金融服务外包示范区，"花桥中城创意产业园"将充分发挥昆山花桥国际商务区"面向世界，融入上海，服务江苏"的区位优势，将创意产业、创意文化和创意人才集聚一起，产生集聚和辐射效应，推动长三角地区创意产业的发展。

创意辐射　行行有亮点

中城集团还将创意融入其他产业链，旗下百事达生物新材料产业专注于低碳、绿色环保生物新材料的研发、生产，共研发出8大类、数十个品种的全降解的淀粉基生物降解塑料制品和多功能塑料添加剂，承接了国家863计划专项课题《生物降解母料》，先后通过国内外权威机构的13项检测认定与3项企业标准审定，产品远销欧美、日本及东南亚地区。可降解生物新材料产品不仅能从根本上解决白色污染问题，而且符合国家可持续发展和低碳经济的宏观发展战略，为社会创造巨大的社会效益和经济效益。

创意产品

创意产品

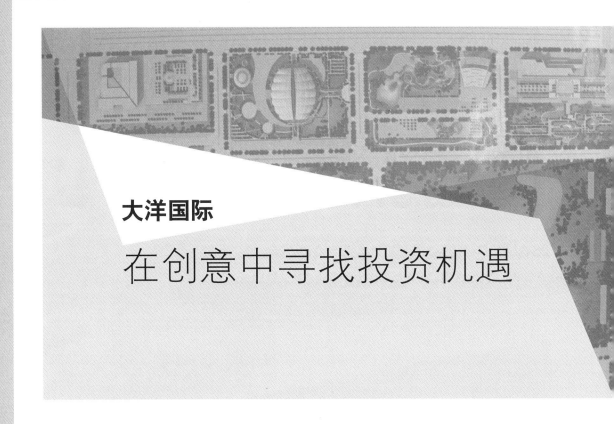

大洋国际
在创意中寻找投资机遇

在我国国民经济高速增长和创意产业迅猛发展的形势下，伴随着创业板的顺利推出，投资行业面临着新的发展机遇和挑战。一些投资企业开始走向创意产业领域，不断探索资本同文化创意的结合方式与实践途径。大洋国际就是投资文化创意产业的领先者之一。其子公司上海睿涵投资有限公司，主要从事创意产业等领域的投资、重组、整合、上市及策划融资，是上海市创意产业协会在投融资领域的重要会员。

致力于改善国内投资环境

美国大洋国际投资控股（集团）有限公司是一家私人股权投资基金，从事跨国性的投资银行业务，致力于企业并购、公司海内外上市、专案融资、企业重整、国际联盟、企业发展策略。

大洋国际拥有一支高学历、高素质、实践经验丰富的投行专业团队，高层管理团队既有熟悉国际资本市场的专家，也有熟知中国本土文化背景的专业人士。公司拥有丰富的海内外资本网络，包括 MBK Partner 基金、捷鸿资本有限公司、美伦 HBV 基金、红杉资本、钟鼎创投、上海嘉兰投资有限公司、正信银行、光大证券、华泰证券等。

大洋国际长期以来以"诚信务实、创新高效、合作共赢、回馈社会"为理念，致力于成为具有国际竞争力的投资集团，跻身国际知名

曲江文化创意产业基地效果图

投资机构行列，发展具有中国特色的投资事业，为中国投资发展环境的改善作出贡献。

领先一步投资创意产业

目前，大洋国际正加强在文化创意领域的投资实践。西安嘉兰实业有限公司是大洋国际的核心企业，主要从事文化创意、出版传媒、高效农业、现代生态观光休闲产业等朝阳产业的投资。嘉兰实业于2009年投资美华酒店股份有限公司，定位于打造精品商务酒店，力争在1-2年内在国内中小板成功上市。嘉兰实业于2010年收购陕西恒通诚信股份有限公司，通过输入高端管理团队，打造具有网络购物、即时传媒特点的电子商务企业，并力争在国内创业板上市。

打造文化创意产业基地

近来，大洋国际以文化为先导，通过资本合作，正积极打造西安曲江文化创意产业基地。

该基地预计占地近600亩，包括魔幻影城、科技馆、军事主题公园、动漫影视制作基地、培训创作基地、出版传媒产业基地以及金融服务、配套生活等项目。魔幻影城包含数字电影、4D动感电影、SDDS八声道立体声等国际先进的电影设施，其中4D电影是在三维立体电影基础上加入环境模拟组成四维空间。科技馆包括三维虚拟（虚拟地球、神秘宇宙、粒子世界、电子动物等）、数字体验（虚拟体育、虚拟聚会、危机体验、虚拟驾驶等）、城市仿真（城市规划、城市漫游、导航定位）等。大洋国际不仅积极建设硬环境，还大力投资软环境，努力引进作家、美术家、艺术家、创意总监、策划专家、研发总监、影视动漫游戏制作人才、设计人才、信息网络人才、演艺明星、销售专家等各类人才，使曲江成为创意人才的汇聚地。

大洋国际积极与上海市创意产业协会合作，推动上海乃至全国创意产业领域的投融资事业。相信在未来，越来越多的资本会进入创意产业这个领域，为发展文化创意产业提供动力。

第五篇
创意根基　传承与创新

创意源自人的想象，本质上又服务于人类的生活。世界没有创意，就如人类没有灵魂。人类一直在想象，因而也一直在创意。而绵延的创意如此密集地呈现在我们的面前，使我们惊叹、憧憬。

在上海，创意不是无根之源，她的根扎在上海的土壤里，你可以挖掘、欣赏、甚或评论，但始终不能撼动根的地位。土生土长的上海人未必知晓上海"海派文化"的具体内容。你可能到过松江佘山，但却不知松江还有"顾绣"；你吃尽嘉定南翔的小笼，却也未必看过嘉定的竹雕。其实，不止于此，上海的土生文化到处可见，只是你没有用心去发现。而这恰恰是上海得以在创意领域占领制高点的根之所在。

创意是无边界的，超越了空间；创意是随时的，没有始点和终点。创意似一道射线，辐射、渗透至人类生活的方方面面……在上海文化根基上，人们不断地发现新的东西，并层层叠叠地将这些与文化结合的创意沉积起来，使之为人类所用。

创意与科学技术结合，加速了生产力水平的不断提高，从而改变人类的生活方式；创意与产业渗透，使人类的产业布局和结构发生变革；创意与旅游结缘，大力提升区域价值；创意与农业碰撞，拓展了农业的功能。创意与艺术，历来互相蕴涵，无法分割，各自元素的交融，使艺术价值超越有形而成为极品。

松江顾绣
工艺品的瑰丽奇葩

松江古称华亭,别称有云间、茸城、谷水等,是江南著名的鱼米之乡。松江位于长江三角洲内上海市西南部,是上海西南的重要门户。松江境内地势低平,河道、港汊纵横交错;气候温润,土壤肥沃。得天独厚的自然环境、当地人民的辛勤劳作和智慧,使松江成为物阜民丰、祥和安康、人才辈出、艺术绚烂的福地。顾绣,就是松江丰富文化遗产中的不朽之作。

调良图　朱庆华绣

源于明代　传于后世

顾绣因源于明代松江府顾名世家而得名。顾名世,字应夫,号龙泉,官尚宝司丞,是明嘉靖三十八年进士。官尚宝司丞,就是在内宫管理宝物的官吏,晚年居上海并筑"露香园",故世称其家刺绣为"露香园顾绣"或"顾氏露香园绣"或简称"露香园绣"、"顾绣"。

顾名世性好文艺,见多识广,艺术修养较高,在他的影响和倡导下,他的女眷们也酷爱艺术,善丹青书法,精于女红,尤其擅长刺绣。她们从事刺绣的目的不仅于实用而是视作上层妇女的修养和更高层次的艺术追求。在松江画派画风熏陶下,以高雅脱俗的名画为蓝本的"画绣",以技法精湛、形式典雅、艺术性极高而

著称于世。清代,顾名世的曾孙女顾玉兰设立顾绣坊,开始广收门徒,自此,顾绣在上海附近地区流传开来。民妇争相仿制,商人则开设绣庄,大量收购绣品,顾绣之名则传遍江南,一度呈现"无绣不姓顾"的繁荣景象。据清嘉庆年间《松江府志》记载,顾玉兰"工针黹,设幔授徒,女弟子咸来就学,时人亦目之为顾绣。顾绣针法外传,顾绣之名震溢天下"。她历时30余年传授顾家绣技,城中许多妇女学习顾绣以营生计。达官显贵、富商巨贾争相购藏顾绣珍品,顾绣身价陡增。至清代,宁、沪、苏、杭纷纷设立顾绣庄、顾绣店,在整个长江中下游地区,顾绣几乎成为丝绣美术工艺品的通称,连《红楼梦》都有描述:贾元春得一绣佛云:"顾绣,女中神针也。"可见声誉颇高。

竹鸠图吴树新绣

顾绣的艺术特色和价值

顾绣以"半绣半绘，画绣结合"、"针法多变，时创新意"、"间色晕色，补色套色"为特色而闻名于世。顾绣的摹本主要是宋元名画中的山水、花鸟、人物等杰作，画面是绣绘结合，以绣代画。顾绣的针法既复杂又多变，有齐针、铺针、打籽针、接针、钉金、单套针、刻鳞针等十余种针法。顾绣采用的种种彩绣线，是宋绣中所未见过的正色之外的中间色线，顾绣为了更形象地表现山水人物、虫鱼花鸟等层次丰富的色彩效果，采用景物色泽的老嫩、深浅、浓淡等各种中间色调，进行补色和套色，从而充分地表现原物的天然景色。

山径春行图　高秀芳绣

顾绣价值昂贵。2005 年中国丝织艺术品拍卖会上，一件八开"韩希孟花鸟册页"成交价达 165 万元人民币，一帧"群仙祝寿图"拍出 77 万元。

松江人以恢复顾绣为己任

顾绣的卓绝是以高素质的艺人和大量的工时为代价的，制约条件很多，故难以普及和为继。清末，顾绣逐趋湮没，以后几乎被人们所遗忘，被吸收顾绣技法和营养而崛起的苏绣所替代。

上海露香园地属松江府，松江人一直以恢复顾绣为己任。20 世纪 20 年代，松江慈善机构"全节堂"建立"松筠女子职业学校"，设立"女子刺绣班"。70 年代，松江工艺品厂响应周恩来同志关于挖掘发展中国传统工艺美术品的指示，于 1972 年底开始筹备恢复顾绣艺术，由唯一的顾绣传人戴明教老师收徒授艺，但因"文化大革命"等政治运动而夭折。改革开放后，松江工艺厂成立顾绣组，恢复对顾绣的研究、授艺与生产。至此，松江顾绣艺人不断创作出一批精美绝伦、雅韵欲流的顾绣新作。松江顾绣犹如旱苗沐雨、枯木逢春，开始显露出勃勃生机。

2006 年，顾绣被列为国务院非物质遗产保护项目。2007 年，经国家文化部确定，上海市松江区的戴明教为该文化遗产项目代表性传承人，并被列入第一批国家级非物质文化遗产项目 226 名代表性传承人名单。

嘉定竹雕
独树一帜的艺术精品

嘉定竹刻博物馆

嘉定位于上海西北部，东与宝山、普陀两区接壤；西与江苏省昆山市毗连；南襟吴淞江，与闵行、长宁、青浦三区相望；北依浏河，与江苏省太仓市为邻。由于各地区的风俗、方言及艺术的相互影响，嘉定形成了自己丰富多彩的民俗文化和艺术，被誉为人文奥区。古贤今秀，代不乏人。竹刻是中华民族传统文化宝库中的一朵奇葩，嘉定竹刻独具特色。2006年被国家列入首批非物质文化遗产保护名录。

嘉定竹刻自明代朱松龄首创，近500年来，经过一代又一代嘉定竹人的不懈努力，经历了明清的鼎盛和辉煌，名闻遐迩。到了近代，嘉定竹刻也遭遇了颓势和衰弱，濒临灭绝。近年来，嘉定人民政府致力于民族优秀文化遗产的传承发扬，采取了各种有效的措施，使嘉定竹刻重现芳华，嘉

陈玲莲的仕女

定竹人在承袭传统的基础上，积极探索嘉定竹刻的发展新路，卓有成效。

坐落于嘉定州桥历史文化风貌保护区内的竹刻博物馆，是国内首家竹刻专题博物馆。展厅面积约500平方米，120件展品分别来自上海博物馆、青浦区博物馆和个人收藏家，除了少量明代作品外，大多是清代艺术精品。

竹香幽远　盛极明清

中国竹刻艺术经过漫长的发展阶段，到明代中期已趋于成熟，嘉定是明清时期主要的竹雕中心。清代陆廷灿《南村随笔》中是这样描述:城竹刻，自明正嘉间高人朱松龄创为之，继其子小松缨，至其孙三松稚征，而技臻绝妙。朱氏三松是嘉定竹雕工艺的开拓者和代表者，他们是朱鹤、朱缨、朱稚征祖孙，祖孙三代开创了具有鲜明风格特色的、"嘉定派"竹刻艺术，作品融书、诗、画、印于一体，散发着淡淡的书卷气和金石味，具有鲜明的原创性和明显的地域性，可谓独树一帜。

约康熙至乾隆时期，嘉定竹雕达到了全盛时期。竹刻在继承明代成就的基础上，雕刻技术有了进一步的发展，从而名家辈出，出现了一批卓有成就的大家和数代经营的世家，如创制了去地浅浮雕——"薄地阳文"法的吴之璠；善制圆雕人物并曾供职宫廷造办处的封锡禄及其弟子施天章；开创纯以阴刻表现笔墨皴点影响及于后世百多年的周灏；以浅刻芭蕉丛竹著称的周乃始、细巧近于微雕的顾珏，雕镂小像的好手蔡时敏和张宏裕，七代刻竹的时钰、时学庭等人，以及王易、邓孚嘉等，均是当时名家。知名文人画家的介入，也为嘉定竹雕增添了诗情画意的元素。如画家李流芳、钱大晰和吴历等，也爱好竹雕，显示了当时竹雕的风行。当时，竹雕的各种技法，如圆雕、浮雕、镂雕、留青、阴刻、文竹等，都已非常娴熟，有一整套工艺程序、技法口诀和制作工具；器型也丰富多样，如笔筒、臂搁、笔洗、水丞、山子、如意、香筒、冠架、簪钗、扇骨、人物、动物、花果等。雕饰的内容多为历史典故、吉祥图案、山水人物、书法篆刻等。

道光以后，嘉定竹雕虽在摹刻金石文字及器形方面有独到之处。但由于以阴刻及浅浮雕金石文字为主的技法与题材日益狭窄，再加上竹刻全成商品，竹人变为商人，总体上，竹雕逐渐式微，处于停滞倒退状态，嘉定竹刻逐步失去了原有的艺术特色。

丁黎良的竹

王乐平的山水

"材"、"工"、"意"并重的艺术瑰宝

竹木牙角四类材质的雕刻大多为小件，却是我国雕刻史上独特且重要的艺术门类。人们根据材料不同施以各种技艺，创造出各有特色的艺术瑰宝。从市场价格评判，竹雕的材质不及象牙犀角和名贵木材珍贵，所以价格更主要体现在其作品的艺术价值和文化内涵附加值上。所谓竹雕的艺术价值，主要包括雕刻技法和创作构思。雕刻技法是技术层面上的，好的匠人好的雕刻师应该具备的起码素养。在这个基础上，如果创造构思巧妙、意境深远，器物的身份将会由一件优质的"工艺品"上升为一件难得的"艺术品"。时下人们总关注名家名作，在意竹雕艺术品是否有名家刻款签名，也是因为名家的文化素养远在匠人之上，其作品的高远意境和将诗书画结合的特色非常人能及。

竹刻艺术品的上拍时间较早，1994年到1996年这两年间，也有不少高价成交的明清竹雕珍品。2000年佳士得春季拍卖会上，一件明末清初的《竹林七贤》拍出了42.35万元高价，随后2001年，巴黎塔尚一件直径14.7厘米《人

张伟忠的《布袋和尚》

竹刻培训复兴竹雕

物楼阁庆桂笔筒》以 54 万法郎（约 416 万元人民币）成交。2004 年至 2006 年，拍卖价格屡创新高，香港佳士得 2005 年春季拍卖会上清康熙竹高浮雕山水人物图笔筒以 1,215 万元成交，这个纪录一直保存到现在尚未打破。

嘉定竹刻不同于一般民间工艺，其有鲜明的地域性和独特的原创性。自明代始，从事嘉定竹刻的艺人都是擅长书画艺术的文人。他们以"画手行刀法"，以"刀镘书画于竹"构图巧妙，下刀缜密，清新典雅，意境高远，成为融书、画、诗、文、印诸艺术为一体的高雅艺术，历来为世人所推崇。

嘉定竹刻常见有笔筒、香筒（熏）、臂搁、插屏、抱对等器形，还有以竹根雕成的人物、山水、草木、走兽等摆件。嘉定竹刻的表现手法主要有浅刻、深刻、薄地阳文、浅浮雕、深浮雕、透雕、圆雕等十余种。

当代竹雕艺术的复兴

嘉定竹雕的兴起，与明清之间此地遍野竹林，民间富庶，文人众多有关。但是历史环境变迁，现代嘉定竹林不复盛况，传统书画空间有限，竹雕工艺急剧衰落。到"文革"时，已几乎失传。

改革开放之风唤醒了沉寂的嘉定竹雕，竹雕艺人们在 20 世纪 80 年代初又逐渐聚拢，成立了"竹刻社"。1988 年，县博物馆内设置"竹刻工艺部"，收集和研究竹刻艺术。当时有王威、张伟忠等一批年轻人进入竹刻艺术世界，潜心琢磨，承传技艺，使嘉定竹刻出现了复苏的势头。

但是，传统竹雕又是一门寂寞的艺术，工艺流程繁复，雕刻耗时劳神，制成品的防裂保存也是一个难以言道的难题，有的艺术品历经数百年不龟裂，有的则在干燥环境下裂损，此间的规律还需把握。更兼市场有待开拓，身边商潮涌动，进入 20 世纪 90 年代，原已聚拢的竹雕人才渐渐散去，嘉定竹雕被戏称为"一个人的艺术"。

好在进入 21 世纪以来，嘉定经济飞速发展，当地财政收入稳步增长，加大了对文博事业的投入。嘉定竹雕以其悠久的历史和高超的艺术魅力，成为接受政府重点扶持的"非物质文化遗产"。而当年投身竹刻艺术的王威、张伟忠等人，在艺术创作的寂寞中坚持至今，已成为嘉定竹雕的领军人物。目前，嘉定竹刻协会有会员 50 余人，涌现出丁黎良、王乐平、蒋玉铭、苏玉蓉、周铿、庄龙、罗一农等竹刻新人。他们的年龄呈梯形结构，一批二三十岁的新人在竹刻界崭露头角，当是嘉定竹雕希望之所在。

当代嘉定竹人为延续历史文脉所作的种种尝试和探索，必将推动嘉定竹刻艺术的传承与发展，嘉定竹刻必将迎来更加绚丽的明天。

金山农民
绘制绚丽多彩的农庄

中国农民画村——金山

金山地处上海西南，南濒杭州湾，北连松江、青浦两区，东邻奉贤区，西与浙江省平湖、嘉善接壤，是长三角经济区域中心。

金山从古至今出过较多文化名人，古代有南北朝文字语言学家顾野王、唐代高僧船子和尚、宋代白牛居士陈舜俞、元末文学书法家杨维桢、明代书法家沈度，当代有国画大师程十发、漫画家丁聪等。金山是"中国现代民间绘画画乡"和"中国故事之乡"。金山农民画被誉为"世界艺术珍品"，金山黑陶被冠以"黑珍珠"的美誉。

世博主题馆青睐金山农民画

2010年4月20日，金山农民画画师曹秀文受到上海世博局邀请，前往世博会主题馆参观。之所以她会受到邀请，源于她的两幅金山农民画作品《春意》和《渔家乐》被安放在主题馆贵宾厅墙上进行展示。

曹秀文说："这个不是我个人的荣耀，我代表的是金山农民画，所以这是广大农民兄弟的荣誉。"

金山农民画村——民间艺术殿堂

"金山农民画村"坐落在枫泾镇中洪村。中洪村北与青浦练塘相连，东与松江新浜接壤，西与浙江嘉善相邻，距枫泾镇区约三四公里。村域面积5.88平方公里，1,000多户人家，4,200多人，是中国村社发展促进会首批命名的"中国特色村"。

金山农民画村总规划面积5.88平方公里，分"丹青人家"、"枫泾人家"、"水上人家"、"稻香人家"和"菜园人家"五大景区。已建成的"丹青人家"将复古的江南老式民居与中洪村的原

乡土艺术画廊

金山农民画村的艺术气息

生态面貌有机地结合在一起，配以小桥、流水、水车、草棚、菜园、鱼塘、农家铺子、打谷场等典型的农村景物，融旅游、购画、观光、休闲、餐饮于一体，是农民画村的核心，生态休闲园的灵魂。步入村中，恍若隔世，徜徉画村，又如来到了一座民间艺术殿堂。金山农民画村更已荣获了"中国绿色村庄"的称号。

1984年，金山县政府在朱泾镇投资兴建了金山农民画院，建筑面积640平方米，并于1989年独立建制，成为农民画的创作、培训、收藏、销售、开发旅游为一体的文化事业机构。金山农民画院先后被上海市政府批准为"涉外参观点"、"上海市优秀外事接待单位"，1998年被授予"上海农村十大标志性改革成果"称号。

金山农民画问世以来，20年来涌现了一大批优秀的作者，创作队伍不断壮大，已经形成一支以农村妇女为主的农民画创作队伍，其中创作骨干有120人左右。中洪村的100多户农民画画家成了金山农民画创作队伍的"半壁江山"，以画为生已成为现实。他们心灵手巧，熟悉农村生活和传统的民间艺术，具有一定的审美意识和独创的创作风格。阮四娣、张新英、曹金英、陈德华、陈芙蓉等均被吸收为中国美协、上海美协会员。张新英还被联合国教科文组织授予"一级民间工艺美术家"称号。一批年轻作者更是勤奋创作，勇于探索。至今有600多幅金山农民画进入国际互联网络。

阮四娣是金山农民画的代表人物之一。阮四娣生前为上海市美术家协会会员、上海剪纸学会理事。1907年1月阮四娣出生在上海金山区一户世代农民家庭，家境贫寒没钱念书，但农家女心灵手巧，13岁起她就跟长辈学习剪纸，后来成为当地闻名的剪纸能手。这些女红农家活为她日后作画打下了基础。阮四娣72岁开始学农民画，初出茅庐便有《竹林里的吹笛人》获得上海市"江南之春"一等奖，接着，《孵蛋》又获全国农民画二等奖。在第七届中国艺术节上，98岁的上海金山农民画女画家阮四娣被文化部授予"2004年中国现代民间绘画优秀画家"称号。她的剪纸作品被上海工艺美术博物馆作为上海三大剪纸名家之一收藏，曾赴法国展出。

金山农民画家陆永忠是金山干巷三星村土生土长的农民，自中学毕业后，他一边务农，一边画画，至今已创作出千余幅作品。其中《双龙闹春》荣获全国农民画展二等奖；《温暖的草囤》、《送客》获全国农民画展三等奖；《春池鸳鸯》获上海江南画展二等奖；《雪地里的狗》入选中国美术家协会举办的全国农民画优秀作品展，他的许多作品还被国家文化部选作国际文化交流的艺术品到海外去巡展，特别值得一提的是，最近他历经4年的艰辛，画出了70厘米高、15米长的《庆丰收》长卷，成为当今农民绘画史上的一大创举。

金山农民画——东方的毕加索

自1977年至今，金山农民画先后在北京、上海、天津、广州、西安、武汉、成都、杭州、长春、南宁、西宁等城市展出，计5,000多幅作品，近百场次。历年来获得了上海江南之春、香港之窗杯、全国农民画展、中国农村巾帼书画展、中国风俗画大奖赛、中国农民画大都会年奖赛等各奖项50个。1980年，由中洪村农民画参展的《上海金山农民画展》在北京中国美术馆开幕，轰动京城。由此，金山农民画走出国门，先后在几十个国家和地区展出，名扬世界，被誉为"中国最优秀的民间艺术"。1988年被中国文化部命名为"现代民间绘画之乡"。2006年2月，金山农民画被列为"中国元素"之一。

自20世纪70年代起，金山农民画广泛汲取刺绣、剪纸、雕塑、灶壁画等多种民间艺术精华，创立了独特的艺术形式，用绚烂的色彩和质朴的艺术语言，征服了越来越多的海内外民间艺术爱好者和收藏者。可以说，扎根于民间艺术的金山农民画是在江南民间艺术土壤中滋生出来的一棵新苗。她以江南水乡风土人情为主要题材，融合刺绣、剪纸、蓝印花布、灶头壁画、雕塑、漆绘等民间艺术表现手法，以浪漫主义的想象力，运用大胆的艺术夸张和强烈的色彩反差，创作出了一幅幅、色彩明快、构图夸张、散发着泥土芬芳的农民画，形成了鲜明的艺术构思和造型特点，表达了作者对家乡的情怀、对生活的热爱。

"我们是自己觉得怎么美就怎么画"，用最美的方法画最美的东西，是金山农民画所体现出来的艺术风格，也是画家们创作时的理念。金山农民画在用色上可以不符合所绘物象的固有色彩，而是根据气氛和感情的需要进行选择搭配。如农民画家阮四娣的代表作《孵蛋》就把老母鸡画成了五彩的，光是鸡尾巴就有红、黄、黑、紫、蓝5种颜色，母鸡身下孵的蛋也着上了红色和淡蓝色。虽然与鸡的自然色相去甚远，但成功地起到了借色彩抒发情感的艺术效果。金山农民画在构图上也把美作为第一因素。阮四娣说过："画画是为了好看，要选最美的来画。"所以，她画鸡画出了鸡的脚掌心，她认为鸡脚掌像朵花，比鸡脚板"美"。金山农民画不是凭写生作画，而是依据对物体特征的理解和整体印象作画。因此，不同时间、不同空间、不

色彩明快的金山农民画

同物种被随心所欲地表现在一起，不受焦点透视、散点透视原理的约束，往往在一幅画中采用仰视、平视、俯视等违反透视的艺术手法。比如农民画家陈芙蓉的《贺新年》，寒冬腊月也可以鲜花盛开、柳枝飘舞。由于不讲究透视，在她的画中，树长在了房子上，行人也走在了房顶上，但是可以感受到强烈的、稚拙的美。

以拙胜巧。这些词语都可以表达金山农民画给人的印象，而且这些印象最终形成了人们对金山农民画独特艺术风格的认识。

农民画带动金山旅游

农民画的兴盛带动了整个金山的旅游产业。其中著名文化古镇，国家4A级景区枫泾迎接了月均9.5万人次的客流。许多饶有特色

的名人故居和博物馆已经成为江浙沪居民周末旅游的热点。著名漫画家丁聪的故居、国画大师程十发的故居、三百园民间收藏馆、人民公社纪念馆……它们仿佛一个个历史的足迹，散布在金山。这坛甘醇的民俗之酒，透过江南蜿蜒的水乡，显得愈加醇香扑鼻。

金山农民画村一年四季风景如画。清清小河蜿蜒村中，老式民居古风扑面。置身其中，恍若隔世；漫步村中，心旷神怡。到此一游，可以品尝到原汁原味的农家菜，选购到时令新鲜的农家果蔬，还能与咿呀水车、竹篱茅舍、菜园池塘、果林修篁亲密接触。乡村游的乐趣在这里最直接、最丰富、最生动。游客们还将亲眼看到中洪村著名的农民画家们创作、装裱农民画的全过程，欣赏到金山农民画的精品佳作，选购到经过认证的农民画原作。

崇明隧桥
万里长江第一隧

2009 年最令上海人兴奋的事情之一，莫过于可以不坐长江轮渡去崇明岛了——长江隧桥正式通车啦。

生态环境优良的崇明岛位于西太平洋沿岸中国海岸线的中点地区，地处中国最大河流长江入海口，是全世界最大的河口冲积岛，也是中国仅次于台湾岛、海南岛的第三大岛屿，有"长江门户、东海瀛洲"之称。

上海人的崇明情结

上海人的崇明情结似乎应归结于 20 世纪 60 年代中期至 70 年代中期。那年代，上海各区都有知识青年去崇明。于是乎，这些知识青年便将一家人的心思全带到了崇明。国定假日，大量人潮从崇明往市区赶，几乎都带上崇明金瓜、甜芦黍、蟹、洋扁豆、青皮绿玉瓜等特色农产品；过完节，再背着上海小点心、炒麦粉、辣酱等食品，买到一张一票难求的四角五分的船票往崇明赶。回想通车以前去崇明的情景，出行完全要看老天爷的脸色，尤其是老天爷刮大风，可以让你去不得回不来，甚有因突起大雾，渡船被迫抛锚于江中，江中一舟，看似很是诗意，却耽误

了不少工夫。结果是，上海人与那风景美丽的崇明岛忽离忽近的，爱也不能，恨也不行。即使老天爷放晴天空，也是要在路上折腾你一天的时间，精疲力尽不说，带回的崇明蟹不忍船上时间的漫长和污浊的空气而挣脱捆扎偷偷爬入长江，当你啃完崇明甜芦黍后为时已晚，唉声叹气之余，只当阿弥陀佛放生了。

现在只要开上你的私家车，不到半小时，可一睹岛上生态风景，体验一下农家乐。怪不得大桥一开通，大量上海市民涌入崇明岛，给崇明岛的旅游来了个措手不及，原来都是"崇明情结"所致。

长江隧桥

2009 年 10 月 31 日，连接上海市区和崇明岛的长江隧桥正式通车。上海长江隧道工程的成功建设，开创了中国超大直径隧道施工的新纪元。被誉为"万里长江第一隧"的长江隧道长约 8.9 公里，隧道内径 13.7 米，隧道外径 15.43 米，为世界最大直径盾构隧道。长江隧桥通车后，从上海市区到达崇明岛，仅需 20 分钟左右的车程。"一隧、一桥"连接长三角南北两翼，将对长三角经济圈产生强大的辐射效应。

黄昏时分的崇明长江隧桥

生态农业和生态农产品

作为上海唯一争创国家级生态县的崇明，其优越的生态环境优势，将随着隧桥开通、上海世博会的举办等有利条件影响而加快开发进程。

崇明生态农业的发展已有一定的基础。技术上，上海最具实力的农业科技机构——上海农业科学院与崇明已经建立合作关系，成立了绿色生态农业研究中心。基地实践上，崇明现代农业园区、北湖有机农业园区等农业生产基地都已经有一定的规模，并且为发展创意农业打下了很好的基础。在环境保护上，崇明近年来淘汰了岛内一批污染企业，以"水清、土洁、气爽"的优美环境，迎接各方客人。

崇明在发展"创意农业"方面具有非常明显的资源优势、生态优势和市场优势。大批农田在崇明得到永久性保护，现代生态农业将形成一个完整产业。多年来，崇明农业围绕河蟹、优质大米、特色蔬菜、白山羊、林果花五大主导产业，形成了100多万亩河蟹、20万亩优质水稻、10万亩无公害花椰菜、25万头白山羊、5万亩优质柑橘的规模化生产基地，出现了河蟹、大米、花椰菜、金瓜、白扁豆、芦笋、柑橘、白山羊、老白酒、果桑等一系列富有崇明特色的优质农产品品牌。

随着人们生活水平的提高，人们对于"吃"的要求从"吃饱"变成"吃得健康"，崇明的"生态农产品"符合了人们的愿望和消费的趋势。

创意旅游与景点

穿越喧闹的城市和幽暗的隧道后，车行驶至长江隧桥上，顷刻间，心中想的和眼里所见的，全是江水和大桥。人虽形体渺小，思维却伟大。出了大桥，便可以奔驰在崇明的各个旅游景点，感受生态的魅力。

崇明东滩湿地

◆前卫村"农家乐"

前卫生态村位于崇明岛中北部，东平国家森林公园北侧。20 世纪 60 年代，这里曾是"潮来一片白茫茫，潮退一片水汪汪"的海滩。经过 30 多年的围垦造田，全村目前有土地 3,671 亩。森林覆盖率达 42%，被列入生态环境全球 500 佳提名奖，并被国家旅游局命名为全国农业旅游示范点。党和国家领导人胡锦涛、朱镕基等先后来村视察，国内外专家也纷纷来村参观，都对这里的生态环境赞不绝口。2004 年 7 月 27 日，胡锦涛总书记在视察崇明前卫村农家乐旅游项目时高兴地称赞："农家乐前途无量！"前卫村民风纯朴，邻里和睦，接待热情周到，农家菜肴味香可口。正是一处远离都市钢筋的绿色村庄，一片世外桃源。

◆东滩湿地

东滩湿地位于崇明岛东端，长江入海口处，总面积为 326 平方公里，其中水域面积为 146 平方公里。1996 年 3 月，在澳大利亚布列斯班召开的《国际湿地公约》第六届缔约国大会上，中国政府宣布将崇明东滩纳入东亚——澳大利亚涉禽保护区网络，享有《中国生物多样性活动计划》优先保护序列，在国际上有着较高的声誉。1998 年 11 月经上海市人民政府批准建立崇明东滩鸟类自然保护区，2002 年被列入国际重要湿地名录。

东滩湿地气候温和湿润，阳光充足，雨量充沛，拥有丰富的生物资源，既是鸟类良好的觅食、栖息场所，又是广大公众休闲、旅游和观鸟的好去处。同时也是生物学、地学、生态学、水产等学科教学实习场所进行生态环境保护教育、野生动植物保护教育和生物多样性保护教育的重要基地。

人称涉禽王国的东滩湿地，每年春秋两季，成千上万的候鸟在澳大利亚—西伯利亚之间迁飞，崇明岛恰位于这条长达万余公里的迁飞路线中间，成为候鸟"驿站"，它们在这里栖息一周，然后继续飞行。经科技人员多年观察，停在东滩的鸟类共有312种，有白鹳、白头鹤和中华秋沙鸭3种国家一级保护鸟类，黑脸琵鹭、小天鹅和小青脚鹬等十余种国家二级保护鸟类，世界性长距离迁徙鸟类达百余种，大部分为具有重要科研价值的鹬类和雁鸭类。全世界仅600只黑脸琵鹭，东滩一下子发现了20多只；全球白头鹤不超过6,000只，东滩发现120多只。像这样超过世界种群数量1%的鸟类，东滩有6种，这是东滩列入国际重要湿地名录的要因。

湿地有"地球之肾"的美誉，在地球水循环中起着不可替代的作用，它是大自然中巨大的贮水库和滤水池，可以有效地蓄水、净水、抵抗洪峰，并可作为直接利用的水源或补充水源。

崇明东平国家森林公园

◆东平国家森林公园

东平国家森林公园位于我国第三大岛崇明岛的中北部，距县城（南门港）12公里，总面积为5,400亩，是目前华东地区已形成的最大的平原人工森林，上海著名旅游胜地，国家4A级旅游景区，全国农业旅游示范点。其前身是东平林场，1993年建成国家级森林公园，中央领导人江泽民、朱镕基等先后来园视察观光。

园内森林繁茂、湖水澄碧、百鸟鸣唱、野趣浓郁，以"幽、静、秀、野"为特色，集森林观光、会议旅游、康复疗养、休闲度假、参与性娱乐等多功能为一体，是人们"回归大自然"的最佳胜地。主要旅游服务设施有造型别致的"蟹"房式多功能休闲游客中心、500平方米的水上游乐园、具有崇明特色风味菜肴的森林酒家、野外帐篷、森林吊床、2万平方米的沙滩游泳场、青少年野营基地。特色项目有草上飞、森林滑草、岩上芭蕾、攀岩、森林高尔夫练球场、网球场、沙滩排球场、森林滑索、彩弹射击、天旋地转、森林骑马、快乐林卡丁车、野外烧烤、森林日光浴、森林童话园以及增强团队协作精神的森林定向活动等。园内有多家森林度假村为您提供幽雅的环境、优质的服务，使您享受到家的感受。更有徐根宝足球基地等着您与名人近距离接触，参观中国足球明日之星的日常训练生活。

公园内还开辟了桂花园、梅花园、樱花园、枫园、月季园等园中园，倘佯其中，尤如进入世外桃源，令人流连忘返。

崇明县人民政府为发展旅游业，成立了森林旅游园区，为海内外有识之士来园区投资发展旅游业提供了一系列优惠政策。

奉贤农业
创意使瓜果蔬菜不
同寻常

创意农业就是以科技创新与文化创意相结合的发展新思路，去积极挖掘和开拓文化生产力在新农村发展中的巨大潜力和价值空间。

创意产业被认为是 21 世纪最具增长潜力的朝阳产业，是区域转变经济发展方式、增强软实力、提高核心竞争力、实现科学发展的重要途径。创意农业是现代农业的一种模式，也是创意产业的重要组成部分，发展创意农业，就是在农业生产经营过程中，运用科技、文化等创意手段，提高附加值，从而实现农业生产方式的转变和价值增值的突破。

奉贤农业　创意迭起

近年来，奉贤区大力推进现代农业建设，初步形成了现代农业的基本框架，由此为创意农业的发展创造了良好的基础条件。主要体现在农业形态功能实现由单一形态功能向复合形态功能转变，为创意农业的培育和发展提供了萌发条件；农业发展方式实现由资源型向科技型转变，为创意农业的发展提供了必要的科技支撑；农业经营模式实现由分散经营向产业化经营转变，为创意农业造就了必要的生存条件；

农业投入机制实现由财政单一投入向多元资本投入转变，以公共财政投入为主导，夯实农业发展基础；以项目引导为主要方式，吸引工商资本进入；以农民专业合作社为载体，吸引民间资本的投入，呈现八仙过海的生动局面。

上海奉贤区把创意农业作为发展现代农业的重要突破口，经过多年的探索实践，已经形成了以申隆、申亚生态园，都市菜园，农业创意园为代表，具有观光、旅游、休闲、科普功能的生态景观农业；运用现代繁育技术、无土栽培技术、气候调控技术、标准化技术等前沿技术的生物科技设施农业；以产业链、产业群集聚、联动为导向，依托龙头企业，产销两头在外，辐射市内外农户的产业化精深加工农业。

奉贤的实践表明，发展创意农业要有开放的视野，通过科学发展，才能让农业焕发出持久的生机与活力，因此，需要注重四个方面的创意：注重功能与形态创意；注重产业形态创意；注重科技文化创意；注重农业服务创意。

创意农业融入科技
瓜果蔬菜好吃又好看

上海奉贤区庄行镇在做农业文章时，以"创意"来吸引眼球、吸引消费者。近年来，他们抓紧制定了现代农业发展规划，提出了"万亩水稻、万亩果林、万亩水产、万亩蔬菜"农业生产目标，力求在农业创意上作了一些尝试。庄行镇的创意农业不仅生产创意性农产品，而且有创新农业发展模式。通过创意把文化艺术活动、农业技术、农产品和农耕活动，以及市场要求有机联结起来，形成良性互动的产业价值体系，为农业和农村的发展开辟全新的空间，并实现产业价值的最大化。

奉贤庄行人利用现代科技手段改变农产品形状、色彩和口味等功能的同时，融入文化元素，增加农产品的艺术含量，并根据市场需求，运用新理念把农产品变为艺术品，设计生产出"来自泥土的原生态作品"，提高农产品的附加值。

奉贤庄行创意农园生产的五颜六色、形状各异，十分可爱的小南瓜、西红柿和鲜葫芦，被命名为缤纷年华，一篮售价300多元。目前创意农园建成占地面积80亩的园区，建成大棚50栋，拥有世界顶级创新果蔬种子100多种，拓展和延伸了水果和蔬菜的单一功能，种植的五色番茄、五色葫芦、五色南瓜既可食用又可观赏，色彩斑斓。最具特色的是可直接入口的水果果蔬，如水果玉米、水果洋葱等，糖度在8度以上，基本无生腥味。1,500平方米的智能化玻璃温室中将展示来自世界各国的农业生产艺术品，给人以艺术美的享受。

奉贤庄行创意农园将着力研发巨型果蔬、迷你果蔬、美型果蔬、美味果蔬。通过精美集聚，打造多姿多彩的果蔬与生态环境，吸引游客的亲历躬耕，享受自然与农耕的乐趣，享受创意农园的新颖和独创。

南汇桃花
节庆创意之源泉

上海浦东新区南汇地区位于长江口和杭州湾的交汇处，东临东海，南靠杭州湾与浙江宁波相望，北依黄浦江，西南与西部地区和奉贤、闵行交界。河港纵横，物产丰饶，田园风光宜人。"花"、"海"、"野"的相互交融构造出南汇独特的旅游资源，南汇拥有久负盛名的为华东平原地区之最的"桃源"，万亩桃园，百里海塘，广袤滩涂地，无垠芦苇荡，成为人们回归自然、休闲度假的理想之地。

浦东南汇有着久负盛名的"桃源"。全区桃园面积达 4 万余亩，几乎每个镇都有几个村种上数百亩、数千亩的桃树。当你登上木舟沿大治河顺流而下时，映入眼帘的是百里桃花争奇斗艳的景色。远看绯云一片，近瞧云霞万朵，云蒸霞蔚，明艳芳菲。舍舟登岸，迈进万亩果园的"桃花村"，铺天盖地的桃花将你置身于紫雾彩霞之中，令人目不暇接。漫步桃林之间，徜徉花海之中，热烈鲜艳的花海熏得你如痴如醉。

浦东南汇充分利用广袤的桃源这一得天独厚的自然资源，每逢阳春三月，南汇数万亩桃花争奇斗艳、竞相开放，一年一度的桃花节如期在这里举行，并吸引着年均 50 多万名中外游客前来观光、旅游、休闲、度假。南汇方圆600 余平方公里内的 25 个镇（园区），镇镇有桃园。清明前后，沪南、周南、南芦、南六及外环线等主干道上，"两边桃花夹驰道"，芦潮港果园，连绵百余里，浅红深红的桃花，重重叠叠，层层密密，参差错落，似云似烟，令人目不暇接、如痴似醉。无论乘车疾驰而过，还是徒步漫游于此，都是徜徉在桃林花海中，恍若置身于"世外桃源"的仙境中，真是一种难以言状的美感和精神愉悦的享受。桃花节为长期居住在闹市里的人们营造了一个休闲娱乐、踏青赏花的绝世佳境。

上海南汇桃花节的另一鲜明特色是美丽的自然景观与淳朴的乡情民风水乳交融。游客漫步在田埂小径间，休憩于鸟语花丛中，既可垂钓，也可品尝富有乡野趣味的野荠菜馄饨、南瓜饼、香瓜塌饼、三黄鸡、新鲜鱼虾。桃花林中青瓦白墙的农舍掩映其间，林间小道上行走着农家婚嫁迎娶的欢乐人群，舞龙舞狮、桃花篮、江南丝竹、锣鼓书、"荡湖船"、"跑骡"、"卖盐茶"等民间文艺表演使人意趣盎然。游客可根据自己的喜好，有雅兴的可以在那桃花河边拉网捕鱼、静坐垂钓，可以去划小船、踏水车、扶犁耕田、灶头烧饭、纺纱织布，享受大自然的恩赐。

2010南汇桃花节上的高跷民俗舞

竞相开放的南汇桃花

上海桃花节还具有较高的文化品位。历届桃花节在安排活动和设计景点时，特别注意挖掘传统的、具有当地特色的文化遗产。先后在全区开辟了外中村桃花源、沈西村寿桃园、城北民俗村，以及新场、航头等10多个景点。以桃花、梨花、菜花等自然景观为中心，糅合了当地民俗风情、民间文艺、乡野消闲、传统农艺、特色小吃、特色工艺产品等等丰富多彩的休闲娱乐购物等旅游活动。

上海南汇桃花节已逐渐走出上海，走向全国，开始与北京香山红叶节、河南洛阳牡丹节齐名。它向广大游客展示南汇优美的田园风光、淳朴的乡情民风，展现南汇人民投身改革、奋发向上的精神风貌，展望都市农村新世纪南汇的美好发展前景，是浦东地区对外形象宣传的重要载体。

浦东旅游　创意迭起

浦东南汇拥有45公里海岸线。大海边的空气清新，视野辽阔，风光绮丽。在南汇东滩或南滩的海边听潮观潮、看海上日出、闯海拾贝等都将别有一番情趣。桃花节连年获得成功，使得上海野生动物园、浦东射击俱乐部、滨海森林公园、东海影视乐园、海港赛车俱乐部、黄金海滨度假村等一批旅游项目纷纷落户南汇。这些新的旅游景观的崛起，改善了浦东旅游产品的结构，为浦东新区开展常年的旅游创造了条件。按照地域特点、资源特色、现有条件将规划建设滨海科普、休闲、度假旅游区；芦潮港观光、购物、度假旅游区；三灶野生动物园区；新场水乡古镇与宗教文化旅游区；航头——下沙观赏游乐旅游区五个旅游区。

新世纪浦东南汇正以上海"都市旅游"为背景，以建设"旅游景区"为目标，以"花"、"海"、"野"为特色，融自然风光、人文景观、生态农业、主题公园、宗教文化为一体，以满足中外游客观光、游览、求知、娱乐、休闲、度假以及购物等多种需求。浦东南汇随着国际深水港、芦洋大桥及大、小洋山机关新景区的形成，旅游业大发展趋势成熟，必将为新一轮的桃花节增添新的光彩。

创意旅游
提升区域总价值

什么叫创意旅游？旅游也可以有创意？让我们先看看两个非常有趣的地方：芬兰的罗凡尼米和中国的桂林，就会明白何谓创意旅游。

创意使游客纷至沓来

罗凡尼米——芬兰的一个小镇，位于芬兰北部，面积 101 平方公里。每年都有成千上万的游客，不远万里从世界各地来到这个小镇，究竟是什么吸引了如此多的游客呢？原来它就是传说中圣诞老人的故乡。

"很久以前，一位年纪很大的圣诞老人在世界各地周游，为孩子们带来欢乐。有一天，他来到北极圈附近的拉毕地区，被眼前白雪皑皑、银装素裹的美丽景色所迷恋，决定在这里的耳朵山定居。从此，芬兰的耳朵山就成了圣诞老人居住的地方……"每当圣诞节来临，热情的芬兰人就会向远方的客人一遍又一遍地讲起这个动人的童话故事。世界各地的许多儿童都知道圣诞老人住在北极圈里的耳朵山上。

童话故事的由来没有人会去考究，但显然罗凡尼米小镇成了这个童话故事最大的受益者，仅有 3.5 万人居住的小镇，每年的游客量超过 50 万，每年临近圣诞节，更是有成千上万的人会不顾路途遥远来到小镇寄信，只为在信封上留下一个"圣诞，佛罗里达州"的邮戳。事实上，圣诞老人家乡的童话故事正是当地人为了刺激旅游业，根据当地的旅游资源情况而编写的，而随着当地旅游区的不断扩建和完善，罗凡尼米已经成为了名副其实的"圣诞村"，其 2006 年旅游总收入达 1.44 亿欧元，旅游业已成为当地最主要的收入来源。

由张艺谋、梅帅元、王潮歌、樊跃等著名艺术家策划、创作、执导的大型山水实景演出《印象·刘三姐》，以闻名世界的桂林漓江山水为实景舞台，以流传久远、家喻户晓的壮族刘三姐民歌为素材，把自然山水、经典山歌、民族风情、特色服饰等元素，运用大写意的手法、先进的声光电技术和现代歌乐舞理念加以创新组合，了无痕迹地融为一体。使山野炊烟、漓江浣衣、渔舟唱晚、樵夫放排、顽童牧归等人们"久违了"的景象交织出诱人的田园诗话，展现人与自然的和谐、劳作与收成的快乐，创造出天人合一的梦幻境界，展示世界名胜漓江及其两岸奇峰在春、夏、秋、冬不同季节和晴、阴、雨、雾等自然气候环境下的神韵，具有浓烈的原生态艺术效果，视觉冲击力不凡。

融入民族文化元素的创意旅游正蓬勃兴起

《印象·刘三姐》是世界最大的、也是目前全球唯一的大型山水常年实景演出。传统桂林山水、刘三姐民歌加上先进的声光电技术和现代歌舞创意理念，这正是传统与现代碰撞出的绚烂火花。《印象·刘三姐》自2004年3月正式演出以来，中外观众已超过110万人次，门票总收入约8,000万元、年均利润约3,000万元。

创造游客需求和景点的共鸣

是的，这就是创意旅游。这个景点便是创意旅游的最好例证。它的过人之处就是在已有的旅游资源基础上，巧妙地融合了新的创意元素，形成自己的、不可复制的特色。或是美丽的传说，或是先进的光影和舞台技术，这都是人们创造力的发挥、智慧的结晶。与传统旅游不同，它不是简单地依赖山水风光等旅游资源，而更多的是注重大众在精神和文化方面的体验与需求，是游客心中与景点的共鸣，这也是今后旅游业发展的主要方向之一。

全国政协副主席、上海市创意产业协会会长厉无畏在他的书作《创意改变中国》中写道，创意旅游是指用创意产业的思维方式和发展模式整合旅游资源、创新旅游产品、锻造旅游产业链。与传统旅游相比，创意旅游更加强调对各类资源的多维化整合；强调对未来文化遗产的创造；强调对旅游消费潮流的引领和塑造；强调拓展延伸旅游产业链，提升区域总体价值。

变传统旅游为创意旅游

随着中国经济的腾飞，一方面，很多人工

天籁创意旅游宣传片《心恋阆中组曲》开机仪式

作生活压力加大，旅游越来越普遍地被作为一个很好的放松方式而被人们所喜爱，利用闲暇时间，去欣赏名山大川，体验异地风情已经成为一种时尚；另一方面，随着人们生活水平的不断提高，对于精神文化的追求日渐突出，传统旅游业运营模式下简单的风光欣赏已经渐渐不再能满足游客们的需求了，人们越来越多地渴望更多更新更有创意的东西。传统旅游业正孕育着一场重大的变革，如何利用现有的旅游资源，融合更多创意元素，实现产品的创新和产业链的升级，变传统旅游为创意旅游，已经成为迫在眉睫的问题。

然而，这场变革不是一朝一夕能够完成的，也不是某个景点或者某个旅行社凭一己之力可以实现的，它涉及到整个旅游行业的方方面面，囊括了整个旅游产业链上至景区景点、酒店餐饮，下至旅行社、分销商等的各个环节，同时还关联到农业、建筑、金融、广告媒体以及政府和协会组织等辅助产业和部门。创意是无边界的，它可以融入到旅游的各个方面，吃、住、行、游、娱、购每一块都存在着巨大的市场潜力，都是创意的种子生根发芽的沃土。

上海市创意产业协会助推创意旅游

上海市创意产业协会早在 2005 年就成立了创意旅游专委会，在会长厉无畏教授的带领下，探讨变传统旅游为创意旅游的理论与模式。

现代经济发展处于新的转型时代，文化、休闲、体验、娱乐等成为推动经济发展的新要素，成为促进社会经济转型升级的新动力。显然，旅游产业的发展需要创意的力量来加快升级，通过为旅游者创造休闲环境，体验产品和娱乐方式实现自身模式的创新。

创意旅游是市场催生的，在市场需求的刺激下成长起来，它的成果不仅满足人们的物质文化需求，更能使这种供求关系可持续地发展下去，引领旅游产业的转型，促进旅游产业价值体系的形成与增值，推动城市经济再上新台阶。

天籁嫁接旅游与创意

传媒作为连接旅游产业链上下游的重要环节，同时也是创意思想的火花碰撞最激烈的行业之一，在其中发挥着巨大的作用。天籁影视正是这一环上的敢为人先的众多企业之一。

天籁影视通过融合了唯美情景、动人情节、感人情绪的"三情"的影视作品，给人们带来全新的感性体验，实现人与景的沟通与共鸣。

后记

一年多的采访、拍摄、材料的收集和整理、撰写、编排……很是辛苦，又很兴奋。毕竟，在团队的努力下，《创意上海》与大家见面了。

撰写本书的由来，无疑是全球瞩目的上海世博会所引发的思考。世博会历来是创意演绎的最大舞台，首次在上海举办，正是百年难得的大好机遇。让更多人了解上海创意产业及其集聚区建设、创意人物、创意教育、创意企业等，是上海市创意产业协会融入世博、参与世博的一种重要方式。同时，这种方式，相信也是对上海创意产业发展成果的生动普及。

《创意上海》的编撰人员在本书编委会的指导下，克服重重困难，多方采集材料，足迹几乎跑遍了全上海。有时，为了得到一张清晰的照片，他们会几次进入拍摄地点；有时为了确保所介绍人物的真实性、生动性，他们会通过各个角度去验证。他们的辛苦，换来了《创意上海》的精彩。这些编撰人员是上海戏剧学院创意学院方军、徐英子老师；同济大学学生唐丹丹、王强、沈佳曦、笪祖秀；上海戏剧学院学生韩爽、王少伟、郭晓晨、胡蝶、张励君。

全国政协副主席、上海市创意产业协会会长厉无畏先生，全国人大常委、上海市创意产业协会首席顾问龚学平先生，十届上海市政协副主席、上海市创意产业协会执行会长王荣华先生出任本书的创意顾问；本书在编撰过程中，得到了上海市委宣传部、上海市经济和信息化委员会、上海市委研究室、上海市政府发展研究中心、复旦大学、同济大学、上海戏剧学院、上海市社会科学院、上海市创意产业协会和上海远东出版社有关专家的指导和帮助，在此深表谢意！

本书由于内容涉及广泛，工作量之大决非个人所能企及和完成。一年多的撰写过程，活跃于上海创意产业领域的相关人士对本书的编撰给予了极大的支持和鼓励，并踊跃参与其中，甚至还帮助编撰人员拓宽思路。因此，本书编撰人员除了惊叹那创意的魅力，还时刻感受和谐之氛围。这些，时常鞭策编撰人员不断努力促进稿件的完善。

上海远东出版社的卢莲老师，不顾高龄，经常冒着严寒与酷暑往返于出版社和上海市创意产业协会之间，为本书的撰写出谋划策，精神令人敬佩。

所以，《创意上海》的成功，凝聚着很多人的无私奉献。

当然，本书还有很多的不足之处，谨请谅解和指正。

上海创意的方方面面并不能以一书而概之，但是，《创意上海》的出版能够促使人们去挖掘更多的创意实践，启发更多的创意思维。创意，使生活更精彩！

编者

2010 年 8 月

鸣谢

《创意上海》在编撰过程中，得到以下人士大力关心和协助，他们在百忙中提供了很多的文字资料和珍贵照片，在此一并致谢：

上海市经济和信息化委员会　林艺

松江区经委　刘福升、任欢

静安区商务委　佐军

徐汇区商务委　周浩波、张静文

杨浦区商务委　马春郧、王俊良

虹口区商务委　刘波英

闸北区商务委　高巍慰等。

8 号桥　周学文、马洁

上海新天地　赵列颖

张江文化创意产业基地　耿静

第一视觉创意广场　周律

M50　金卫东

老码头　黄志伟

红坊　杨文捷

上海时尚产业园　陈怡

800 秀　苏超然

创智天地　奚荣庆

铭大创意广场　俞声洲

合金工厂　吴倩芳

名仕街　许静

尚街　马娓、吴节苹

东纺谷　嵇建明

1933 老场坊　岳婷婷

现代戏剧谷　蒋蕾

三林世博园　符纯佳

车墩影视基地　陈爱蓉

同济大学　俞鹰、张雪青

同济大学出版社　荆华

复旦大学　沈越

天籁旅游　王吕彦

顾绣　高秀芳

嘉定竹雕协会　杨富英

附录：上海创意产业集聚区交通指南

1.8 号桥：上海市卢湾区建国中路 8—10 号。

公交指南：乘坐 236 路至建国路重庆南路；乘坐 36 路、786 路、869 路、9 32 路、933 路、974 路、986 路、大桥 1 线、隧道 8 线至重庆南路建国中路；乘坐 24 路、304 路、17 路、864 路、730 路至建国东路重庆南路。

2. 上海新天地：上海市卢湾区，淮海中路南侧、黄陂南路和马当路之间。

公交指南：乘坐 146 路、大桥 1 线到马当路兴业路；乘坐 781 路、932 路、隧道 8 线到太仓路重庆南路；乘坐 36 路、869 路、9 33 路、986 路区间、986 路、隧道 8 线到重庆南路淮海中路；乘坐 17 路、236 路、24 路、304 路、864 路到复兴中路黄陂南路；地铁 1 号线到黄陂南路站。

3. 田子坊：上海市卢湾区泰康路 210 弄。

公交指南：乘坐 17 路、24 路、304 路、864 路到建国中路瑞金二路；乘坐 146 路、218 路、303 路、43 路、781 路、786 路、806 路、931 路、955 路、96 路、984 路、985 路、南佘专线、徐川专线、机场 3 线到徐家汇路瑞金南路；乘坐地铁 9 号线至打浦桥站。

4. 张江文化科技创意产业基地：上海市浦东新区张江路 69 号和祖冲之路 1555 号。

公交指南：乘坐 609 路、961 路、977 路、东川专线、新川专线、方川专线、申川专线至张江路郭守敬路；乘坐大桥 6 线、张江环线至郭守敬路张江路。

5. 第一视觉创意广场：上海市松江区新北路 900 弄 682 号。

公交指南：乘坐松江 14 路、松江 19 路至文城路玉华路；松江 17 路、松江 20 路至新松江路龙源路。

6. 现代戏剧谷：上海市静安区南京西路一华山路。

公交指南：乘坐公交 113 路、328 路、54 路、765 路、76 路到海防路西康路；乘坐 24 路、304 路到西康路海防路；乘坐 138 路至常德路余姚路。

7.800 秀：上海市静安区常德路 800 号。

公交指南：乘坐 138 路、76 路到常德路康定路；乘坐 113 路到昌平路常德路；乘坐 23 路、935 路到康定路常德路；乘坐 328 路、40 路、824 路、830 路、沪钱专线到胶州路康定路以及乘坐地铁 7 号线到昌平路。

8.M50：上海市普陀区莫干山路 50 号。

公交指南：乘坐 105 路、76 路到昌化路澳门路下；乘坐 128 路、185 路、234 路、332 路、502 路、510 路、58 路、741 路、767 路 b 线、822 路、844 路、845 路、955 路、南新专线、新嘉专线、新川专线、申方专线到上海火车站恒丰路下车；乘坐 13 路、319 路、329 路、332 路、41 路、502 路、510 路、58 路、63 路、948 路到上海火车站天目中路下车；乘坐地铁 1 号线、3 号线、4 号线至上海火车站。

9. 老码头：上海市黄浦区中山南路 479 弄。

公交指南：乘坐 305 路、324 路、576 路、6 5 路、736 路、801 路、868 路、910 路、928 路到中山南路董家渡路；乘坐 930 路至白渡路中山南路。

10. 红坊：上海市徐汇区淮海西路 570 号。

公交指南：乘坐 141 路、1 49路、748 路到凯旋路虹桥路；乘坐 48 路、911 路区间到安顺路凯旋路；乘坐 113 路、13 8路、26 路、320 路、328 路、572 路全程车、572 路区间车、72 路、911 路到淮海西路凯旋路；乘坐地铁 10 号线、地铁 3 号线、地铁 4 号线到虹桥路。

11. 上海时尚产业园：上海市长宁区天山路 1718 号。

公交指南：乘坐 141 路、251 路、311 路、519 路、71 路、74 路 b 线、74 路、825 路、829 路、9 41路到天山路遵义路；乘坐 737 路、88 路到遵义路天山路；乘坐地铁 2 号线到娄山关路。

12. 创智天地：上海市杨浦区五角场。

公交指南：乘坐 168 路、329 路、406 路、538 路、61 路、749 路、850 路、910 路、937 路、942 路、99 路到淞沪路政立路；乘坐地铁 10 号线到江湾体育场。

13. 东纺谷：上海市杨浦区平凉路 988 号。

公交指南：乘坐 155 路、25 路、317 路、842 路、868 路到平凉路宁国路；乘坐 538 路、8 路到宁国路平凉路。

14. 上海环同济设计创意产业集聚区：上海市杨浦区四平路、赤峰路区域。

公交指南：乘坐147路、307路、310路、325路、55路、61路、817路、910路、937路、960路到四平路赤峰路；乘坐115路、123路、142路、515路、554路、576路、746路、817路、874路、937路到赤峰路四平路；乘坐地铁10号线到同济大学站。

15. 铭大创意广场：上海市杨浦区长阳路2467号。

公交指南：乘坐28路、577路、813路、934路到隆昌路长阳路；乘坐145路、868路、大桥5线到隆昌路控江路。

16. 合金工厂：上海市闸北区灵石路695号。

公交指南：乘坐79路、951路到灵石路共和新路；乘坐232路、234路、253路、322路、46路、722路、741路、862路、912路、916路到共和新路灵石路；乘坐地铁1号线到上海马戏城站。

17. 名仕街：上海市闸北区洛川中路1158号。

公交指南：乘坐944路、上浏线到洛川中路沪太路（长途汽车站）；乘坐128路、332路、510路、58路、741路、845路、869路、963路、974路、北华线区间、北华线、北罗专线到沪太路洛川中路。

18. 尚街loft：上海市徐汇区嘉善路508号。

公交指南：乘坐96路到永嘉路陕西南路；乘坐327路、42路、45路到襄阳南路永嘉路；乘坐104路、128路、146路、24路、301路、304路、41路、786路、864路、955路到陕西南路永嘉路。

19. SVA越界：上海市徐汇区田林路140号。

公交指南：乘坐120路、131路、252路、809路、上嘉线到宜山路虹漕路；乘坐927路到钦江路苍梧路；乘坐113路、236路、303路、804路、89路、927路到桂林路宜山路。

20. 2577创意大院：上海市徐汇区龙华路2577号。

公交指南：乘坐166路、167路、41路、44路、714路、733路、734路、864路、933路到龙华路华容路。

21. 1933老场坊：上海市虹口区沙泾路10号。

公交指南：乘坐19路、317路到汉阳路桥（汉阳路溧阳路）；乘坐854路到溧阳路周家嘴路；乘坐13路、145路、17路、220路、308路、319路、510路、6路到周家嘴路新建路。

22. 动漫街：上海市宝山区大场镇，汶水路大华路段至真华路段。

公交指南：乘坐551路到汶水路真华路；乘坐547路到真华路汶水路。

23. 上海车墩影视基地：上海市松江区车墩镇北松公路4915号。

公交指南：乘坐松闵线莘松专线到北松公路李高路；乘坐松江60路松江61路到北松公路车峰路；乘坐上石线、南松专线、卫嘉线、卫梅线、松亭石专线、松卫线、松张线、松新专线、沪卫线、沪金线、石青专线、莘枫专线、莲卫专线、莲山专线、莲石专线到车墩。

24. 鑫灵创意园：上海市浦东新区峨山路613号。

公交指南：乘坐607路、992路到峨山路浦东南路；乘坐119路、629路、787路到南泉路蓝村路。

25. 设计工厂：上海市徐汇区虹漕南路9号。

公交指南：乘坐122路、735路到虹漕南路漕宝路；乘坐171路、92路b线、92路、953路、上佘线、南佘专线、沪松专线、沪松线到漕宝路虹漕路；乘坐763路到漕宝路虹漕南路；乘坐909路、93路到虹漕路漕宝路。

26. 文定生活：上海市徐汇区文定路204号。

公交指南：乘坐138路、171路、205路、732路、754路、76路、830路、93路到宜山路蒲汇塘路；乘坐122路、167路、303路、326路、342路、42路、43路、50路、56路、712路、754路、770路、816路、820路、824路、926路、927路、931路、946路、957路、958路、984路、徐川专线、徐闵线、隧道2线、龙吴夜宵线到漕溪北路裕德路；乘坐地铁3号线、地铁4号线、地铁9号线到宜山路站。

27. 西岸创意园：上海市徐汇区徐虹中路20号。

公交指南：乘坐76路到凯旋路宜山路；乘坐752路到徐虹北路凯旋路；乘坐地铁3号线、地铁4号线、地铁9号线到宜山路站。

28. 虹桥软件园：上海市徐汇区虹桥路333号。

公交指南：乘坐138路、171路、548路、572路、全程车572路、区间车754路、76路、836路、855路、93路到虹桥路宜山路；乘坐752路、830路、931路到宜山路虹桥路。

29. D1国际创意空间：上海市徐汇区天钥桥路909—915号。

公交指南：乘坐104路、111路、144路、251路、49路、808路、938路、957路、隧道2线到上海游泳馆（中山南二路龙华西路）；乘坐166路、178路大站车、301路、326路、342路、44路、56路、714路、733路、770路、808路、824路、864路、932路、957路、958路大桥、6线区间、大桥 6 线、徐吴专线、徐闵夜宵线、隧道 2 线、龙吴夜宵线到上海体育场（天钥桥路中山南二路）；乘坐 932 路到天钥桥路中山南二路。

30. 汇丰创意园：上海市徐汇区喜泰路 239 号。

公交指南：乘坐 178 路、178 路大站车、342 路、56 路、714 路、720 路、770 路、820 路、824 路、958 路、徐吴专线、莘龙线、龙吴夜宵线到上海植物园（龙吴路百色路）；乘坐上奉专线、莘龙线到上海植物园。

31. 筑园：上海市徐汇区宜山路 124 号。

公交指南：乘坐 138 路、171 路、205 路、732 路、754 路、76 路、830 路、93 路到宜山路蒲汇塘路；乘坐地铁 3 号线地铁、4 号线、地铁 9 号线到宜山路站。

32. X2 创意空间：上海市徐汇区茶陵北路 20 号。

公交指南：乘坐 72 路到日晖新村（茶陵路零陵北路）；乘坐 301 路、303 路、733 路、820 路、89 路、932 路、隧道夜宵 1 线，到斜土路大木桥路；乘坐 104 路、128 路、327 路、45 路、572 路全程车、572 路区间车、隧道 2 线、隧道 7 线到大木桥路斜土路。

33. 乐山软件园：上海市徐汇区乐山路 33 号。

公交指南：乘坐 855 路、大桥 6 线、区间大桥 6 线到广元西路恭城路；乘坐 920 路到宜山北路虹桥路；坐 26 到广元西路虹桥路。

34. 数娱大厦：上海市徐汇区番禺路 1028 号。

公交指南：乘坐 572 路全程车、572 路区间车、76 路到番禺路虹桥路；乘坐 320 路、44 路、72 路、806 路、920 路、923 路、926 路、946 路到交通大学（华山路康平路）；乘坐 138 路、171 路、548 路、754 路、836 路、855 路、93 路到虹桥路宜山路。

35. 映巷创意工场：上海市长宁区定西路 727 号。

公交指南：乘坐 946 路到定西路法华镇路；乘坐 127 路、311 路、57 路、71 路、776 路、925 路 b 线、925 路到延安西路凯旋路。

36. 湖丝栈：上海市长宁区万航渡路 1384 弄。

公交指南：乘坐 13 路、316 路、519 路、54 路、737 路、765 路、776 路、825 路、921 路、939 路、941 路、946 路、947 路、机场 6 线到中山公园（长宁路汇川路）；地铁 2 号线到中山公园站。

37. 时尚品牌会所：上海市长宁区北翟路 163 弄 30 号。

公交指南：乘坐 91 路到北渔路天山西路；乘坐 141 路、216 路、551 路、74 路 b 线、74 路、750 路、808 路、825 路、846 路、855 路、91 路、新泾环线 a 线、新泾环线 b 线到天山西路剑河路；地铁 2 号线到北新泾站。

38. 创邑·河：上海市长宁区万航渡路 2170 号。

公交指南：乘坐 224 路、309 路、519 路、69 路、73 路、754 路、825 路、829 路、856 路、909 路到中山西路长宁路；乘坐 316 路、54 路、67 路、737 路、73 路、765 路、776 路、825 路、88 路到长宁路中山西路。

39. 创邑·源：上海市长宁区凯旋路 613 号。

公交指南：乘坐 709 路、74 路 b 线、74 路到凯旋路延安西路；乘坐 96 路到凯旋路武夷路；乘坐地铁 3 号线到延安西路。

40. 华联创意广场：上海市长宁区江苏北路 125 号。

公交指南：乘坐 136 路、323 路、44 路、562 路、62 路、923 路到江苏北路长宁路。

41. 周家桥：上海市长宁区万航渡路 2453 号。

公交指南：乘坐 316 路、54 路到长宁路娄山关路；乘坐 224 路、309 路、519 路、69 路、73 路、754 路、825 路、829 路、856 路、909 路到中山西路长宁路。

42. 原弓艺术创库：上海市长宁区仙霞路 295 弄 20 号 1—5 幢，仙霞路 297 弄 24 号 5 幢。

公交指南：乘坐 127 路、519 路、700 路、757 路、827 路、856 路到水城路仙霞路；乘坐 836 路、88 路到仙霞路水城路；乘坐 251 路、72 路、829 路、941 路到水城路茅台路。

43. 天山软件园：上海市长宁区天山路 641 号。

公交指南：乘坐 141 路、1 58路、251 路、31 1路、316 路、54 路、71 路、72 路、74 路 b 线、74 路、757 路、808 路、825 路、829 路、855 路、856 路、941 路、沪北青专线到天山路芙蓉江路。

44. 聚为园：上海市长宁区武夷路 351 号。

公交指南：乘坐 96 路到武夷路定西路；乘坐 776 路、946 路到定西路武夷路；乘坐 947 路机场 6 线到安化路定西路。

45. E 仓：上海市普陀区宜昌路 751 号。

公交指南：乘坐 138 路、24 路、304 路到宜昌路西康路；乘坐 206 路、68 路、830 路到江宁路澳门路。

46. 天地软件园：上海市普陀区中江路 879 弄。

公交指南：乘坐 739 路到中江路怒江北路；乘坐 876 路、长征 1 路到怒江北路泸定路；乘坐 216 路、44 路、67 路、7 39路、765 路、766 路、846 路、858 路、94 路到金沙江路中江路。

47. 景源时尚产业园：上海市普陀区长寿路 652 号。

公交指南：乘坐 105 路、316 路、319 路、54 路、63 路、768 路、837 路、948 路、950 路、966 路到长寿路胶州路；乘坐 106 路、13 路、36 路、40 路、941 路到长寿路叶家宅路。

48. 创邑·金沙谷：上海市普陀区真北路 1150 号。

公交指南：乘坐 750 路、827 路到真北路怒江北路（居家库）；乘坐 158 路、216 路、739 路、807 路、846 路到真北路金沙江路。

49. 创意仓库：上海市闸北区光复路 195 号。

公交指南：乘坐 136 路、19 路、316 路、6 4 路、801 路到新闸路地铁站；乘坐 210 路到新闸路温州路；乘坐 332 路、58 路到曲阜西路西藏北路；乘坐地铁 1 号线到新闸路站。

50. 工业设计园：上海市闸北区共和新路 3155 号。

公交指南：乘坐 206 路、222 路、232 路、234 路、253 路、3 12 路、322 路、46 路、528 路、722 路、741 路、758 路、762 路、849 路、916 路、951 路、95 路区间、95 路、世博 7 路到共和新路汶水路；乘坐地铁 1 号线到汶水路。

51. 新慧谷：上海市闸北区沪太路 799 号。

公交指南：乘坐 128 路、18 5 路、234 路、332 路、40 路、58 路、767 路 b 线、845 路、95 9 路、963 路到沪太路新村路；乘坐 107 路、7 41 路、876 路、959 路到延长中路沪太路；乘坐 128 路、40 路、510 路、858 路、869 路、944 路到延长西路沪太路。

52. JD 制造：上海市闸北区灵石路 709 号。

公交指南：乘坐 206 路、758 路、79 路、9 51 路到灵石路万荣路；乘坐 210 路到万荣路灵石路。

53. 老四行仓库：上海市闸北区光复路 1 号。

公交指南：乘坐 210 路到新闸路温州路；乘坐 136 路、19 路、316 路、64 路、801 路到新闸路地铁站；乘坐地铁 1 号线轨道交通 1 号线到新闸路站。

54. 孔雀园：上海市闸北区南山路 99 号。

公交指南：乘坐 210 路、253 路、312 路、32 2 路、46 路、518 路、65 路、722 路、723 路、869 路、912 路、916 路、933 路、95 路区间、95 路、974 路到共和新路中华新路。

55. 智慧桥：上海市虹口区广灵四路 116 号。

公交指南：乘坐 132 路、142 路、554 路到广灵四路广灵一路。

56. 建桥 69：上海市虹口区通州路 69 号。

公交指南：乘坐 13 路、145 路、17 路、220 路、308 路、319 路、510 路、6 路到周家嘴路新建路；乘坐 573 路、申川专线到周家嘴路公平路。

57. 花园坊：上海市虹口区花园路 171 号。

公交指南：乘坐 140 路到水电路花园路；乘坐 115 路、515 路、597 路、70 路、723 路、817 路、829 路、933 路、937 路、942 路、959 路、966 路、97 路到中山北一路花园路。

58. 绿地·阳光园：上海市虹口区西江湾路 500 号。

公交指南：乘坐 132 路、139 路、167 路、21 路、302 路、310 路、329 路、502 路、51 路、52 路、537 路、597 路、70 路、854 路 937 路、959 路、991 路区间、991 路、地铁 3 号线、地铁 8 号线、宝杨码头专线到虹口足球场。

59. 空间 188 号：上海市虹口区东江湾路 188 号。

公交指南：乘坐 18 路、302 路、318 路、329 路、502 路、537 路、70 路、942 路、952 路、宝杨码头专线到东江湾路同心路。

60. 优族 173：上海市虹口区邯郸路 173 号。

公交指南：乘坐 329 路、405 路到电力所（邯郸路松花江路）；乘坐 139 路、140 路、59 路、854 路、966 路、991 路区间、991 路到邯郸路松花江路（电力所）。

61. 新兴港：上海市虹口区大连路 1053 号。

公交指南：乘坐 222 路、308 路、6 路、746 路、79 路、853 路、962 路到大连路飞虹路；乘坐 14 路、863 路到新港路大连路；乘坐 103 路到辽源西路大连路

62. 通利园：上海市虹口区周家嘴路 1010 号。

公交指南：乘坐 103 路、145 路、17 路、220 路、308 路、573 路、597 路、6 路、申川专线到周家嘴路保定路；乘坐 19 路、47 路到保定路周家嘴路。

63. 彩虹雨：上海市虹口区北宝兴路 355 号。

公交指南：959 路、937 路至延长路北宝兴路；乘坐 66 路、66 路区间、98 路至北宝兴路民晏路。

64. 物华园：上海市虹口区物华路 73 号。

公交指南：乘坐 134 路、4 7 路、597 路、7 51 路、875 路到临平路张家巷；乘坐 103 路到海拉尔路通州路。

65. 海上海：上海市杨浦区大连路 950 号。

公交指南：乘坐 103 路、14 路、863 路到辽源西路大连路；乘坐 222 路、308 路、6 路、746 路、79 路、853 路、962 路到大连路飞虹路。

66. **上海国际设计交流中心**：上海市杨浦区长阳路1080号。

公交指南：乘坐22路、33路、843路到长阳路江浦路；乘坐310路、70路到江浦路长阳路；乘坐137路、842、路934路到长阳路怀德路。

67. **昂立设计创意园**：上海市杨浦区四平路1188号。

公交指南：乘坐147路、307路、310路、325路、55路、61路、81 7路、910路、937路、960路到四平路赤峰路；乘坐115路、123路、142路、515路、554路、576路、746路、817路、874路、937路到赤峰路四平路。

68. **创意联盟**：上海市杨浦区平凉路1055号和翔殷路165号。

公交指南：乘坐25路、317路、842路、843路、868路到平凉路兰州路；乘坐155路、317路、853路到平凉路眉州路。

69. **中环滨江128**：上海市杨浦区翔殷路128号。

公交指南：乘坐102路、12 4路、147路、325路到军工路民星路。

70. **南苏河**：上海市黄浦区南苏州路1305号。

公交指南：乘坐19路到河南路桥（北京东路河南中路）；乘坐14路、15路、19路到北京东路山东北路；乘坐17路、21路、316路、6 4路、801路、939路到北京东路江西中路。

71. **旅游纪念品设计园**：上海市黄浦区傅家街65号。

公交指南：乘坐24路581路64路715路到豫园（复兴东路光启路）；乘坐地铁10号线到豫园。

72. **江南智造**：上海市卢湾区以局门路为轴线，东起制造局路，西至蒙自路，北起丽园路，南至中山南一路。

公交指南：地铁4号线至鲁班路站；地铁8号线至西藏南路站；还可乘坐36、43、109、146、933、大桥一线、隧道八线等公交车。

73. **卓维700**：上海市卢湾区黄陂南路700号。

公交指南：乘坐109路、9 32路到黄陂南路复兴中路；乘坐17路、864路到顺昌路建国东路；乘坐146路到马当路建国东路。

74. **静安现代产业大厦**：上海市静安区昌平路68号。

公交指南：乘坐845路到长安路恒通路；乘坐19路到康定路泰兴路；乘坐68路、950路到昌化路武定路。

75. **汇智创意园**：上海市静安区余姚路288号。

公交指南：乘坐54路、824路到余姚路胶州路；乘坐40路、830路、沪钱专线到胶州路余姚路；乘坐717路到延平路余姚路；乘坐765路、824路到余姚路延平路。

76. **静安创艺空间**：上海市静安区康定路1147号。

公交指南：乘坐23路、935路到康定路万春街；乘坐136路、94到武宁南路武定西路；乘坐765路、951路到余姚路武宁南路。

77. **3乐空间**：上海市静安区淮安路735号。

公交指南：乘坐54路到昌化路海防路；乘坐113路、328路、54路、76路到海防路江宁路；乘坐112路、112路、大华区间车、112路、管弄区间车、19路、206路、316路、54路、68路、738路、950路到江宁路海防路。

78. **传媒文化园**：上海市静安区昌平路1000号。

公交指南：乘坐765路、824路到余姚路延平路；乘坐717路到延平路余姚路；乘坐23路、935路到康定路万春街。

79. **98创意园**：上海市静安区延平路98号。

公交指南：乘坐136路到新闸路胶州路；乘坐113路、328路、40路、830路、93路到新闸路延平路；乘坐23路、935路、93路到武定路延平路。

80. **同乐坊**：上海市静安区余姚路60号。

公交指南：乘坐113路、3 28路、54路、765路、76路到海防路西康路；乘坐24路、304路到西康路海防路。

81. **上海国际节能环保园**：上海市宝山区长江西路101号。

公交指南：乘坐159路、322路、52路、72 6路、728路、810路、849路、851路到长江路长江南路，坐232路、552路全程车、552路区间车到长江西路长江南路。

82. **智慧金沙·313**：上海市嘉定区金沙江路3131号。

公交指南：乘坐67路、94路到金丰新村（金沙江路花家浜路）。

83. **西郊·鑫桥**：上海市闵行区虹许路731号。

公交指南：乘坐69路、700路到虹许路古羊路；乘坐149路、757路、809路、徐梅线到虹梅路华光路。

图书在版编目（CIP）数据

创意上海／孙福良，张迺英主编．－上海：上海远东出版社，2010
ISBN 978-7-5476-0239-3
Ⅰ．①创… Ⅱ．①孙… ②张… Ⅲ．①文化－产业－研究－上海市
Ⅳ．① G127.51

中国版本图书馆 CIP 数据核字（2010）第 170367 号

创意上海

责任编辑：卢　莲
责任校对：汪　晓
整体设计：袁银昌设计工作室　袁银昌　李　静　胡　斌

编　著：上海市创意产业协会
　　　　上海戏剧学院文化创意产业研究中心
出　版：上海世纪出版股份有限公司远东出版社
地　址：中国上海市仙霞路 357 号
邮　编：200336
网　址：www.ydbook.com
发　行：新华书店上海发行所　上海远东出版社
制　版：上海界龙艺术印刷有限公司
印　刷：上海界龙艺术印刷有限公司
版　次：2010 年 9 月第 1 版
印　次：2010 年 9 月第 1 次印刷
开　本：889×1194　1/20
字　数：280 千字
印　张：16

ISBN 978-7-5476-0239-3/G·180
定　价：128.00 元

版权所有 盗版必究（举报电话：62347733）
如发生质量问题，读者可向工厂调换。
零售、邮购电话：021-62347733-8555